KB063309

나의 춤바람 연대기

일러두기

1. 이 책에 실린 이야기는 작가의 실제 경험을 바탕으로 쓰였으며, 등장인물의 사생활 보호를 위해 가명을 사용하였습니다.
2. 책의 구성상 실제 시간과 다소 차이가 날 수 있으며, 일부 에피소드에서 두 가지 이야기를 하나로 묶어 전개했습니다.
3. 이 책의 본문은 '을유1945'서체를 사용했습니다.

몸으로 돌아가는 시간

"댄스, 댄스하러 가자."

"그래야지. 역시 댄스, 댄스가 최고지."

스트레스를 받을 때마다 나의 춤 동반자 장미와 하는 말이다. '댄스 댄스'란 말은 춤을 추러 가자는 말이기도 하지만 우리에게는 즐거움의 대명사이기도 하다. '확 풀어버려!', '잊고 즐기자'란 의미, 그 어디쯤이 되겠다.

어쩌다 춤을 추게 되었고, 어쩌다 보니 십 년이 넘게 배우고 있다. 나에게 춤은 단순히 취미가 아니다. 삶의 전부라 말할 수는 없지만 삶의 한 조각이라면 적당할 것 같다. 스트레스로 마음이 무거울 때 춤 한 자락이면 가벼워질 수 있다. 기쁠 때면 차오르는 흥으로 막춤 한

자락 해주면 기쁨이 배가 된다. 고민이 생길 때면 격렬하게 털기 춤을 추면 개운하다. 이렇게 살면서 틈나는 대로 몸으로 돌아가려 한다. 춤은 예민하고 생각이 많은 내가 건강하게 지낼 수 있는 비법이라면 비법이다.

나는 춤을 전공하지 않았다. 취미로 시작했을 뿐이다. 어릴 때부터 전문적인 훈련을 받은 전공자들만큼 출 수 있다고 감히 생각하지도 않는다. 다만 나만의 춤을 추고 싶다는 꿈은 꾼다. 몸이 훈련되어 있지 않아도, 테크닉이 부족해도 자신만의 춤을 추는 사람들을 보면 눈을 떼지 못한다. 그들은 춤으로 자신을 만난 사람들이다. 자신의 마음과 몸을 이해하고 받아들인 사람들이다. 그런 사람들의 춤은 어설프더라도 빛이 난다. 시간을 들여 천천히 가다 보면 나도 언젠가 나만의 춤을 출 수 있지 않을까.

이 책은 내가 개인적으로 경험한 춤 이야기다. 전문가의 눈으로 보기엔 미흡한 부분이 있을 것이고, 춤도 유행과 변화가 빨라 이 책에 나오는 춤은 요즘 트렌드와는 다를 수도 있다. 그럼에도 재미있게 읽어 주었으면 좋겠다. 책을 써보라고 권유한 조카 지율이와 지안이, 표지와 삽화를 맡아준 동생 소소유 작가에게 감사를 전하고 싶다. 항상 응원해 주는 가족들과 남편에게도 감사를 전한다. 그리고 책에 등장한 춤 동반자들과 '안홍시 오리엔탈 댄스 아카데미', '와와 모던핏', '블링 무용 아카데미' 선생님들께도 감사드린다.

N의 춤 연대기

30 ~ 31살	오리엔탈 댄스를 시작하다.
32 ~ 33살	오리엔탈 댄스 자격증과 공연단을 경험하다.
33 ~ 37살	춤 시식 프로젝트, 여러 춤을 맛보다.
38 ~ 44살	춤과 이별, 6년간 춤 공백기
42살	헬스, 운동 시작하다.
44살	다시 오리엔탈 댄스 시작. 춤 영상 촬영을 하다.
45살	현대무용, 발레를 배우기 시작하다.
~ 현재	지금도 춤을 시식하는 중이다.

몸으로 돌아가는 시간

춤은 처음입니다만

바람, 바람, 춤바람

차례

춤에서 멀어질 때

다시 한 번, Shall we dance?

춤은 계속된다

chap 1.

춤은 처음입니다만

시작은 뱃살이었어

어느 스산한 초겨울이었다. 퇴근길에 걸음을 재촉하고 있었는데 홍보물 한 장이 내 눈을 사로잡았다.

'뱃살이 쏙 빠집니다.'

'뱃살?'

회사 옆 건물에 새로 오픈한 '오리엔탈 댄스' 학원 홍보문구였다. 행사 기간이라 3개월 등록 시 한 달 무료로 배울 수 있다는 문구와 화려하고 파격적인 의상을 입은 여자 사진이 눈에 들어왔다. 얼마 전에 본 TV 쇼 프로에서도 이 춤을 본적이 있었다. 배를 드러낸 화려한 의상을 입은 여자들이 골반을 흔들며 추던 모습이 예뻐서 기억에 남았었다.

'그래, 그 여자들은 모두 배가 날씬했었지.'

나는 튜브처럼 두툼한 배를 슬며시 어루만졌다. 서른 살이 되면서 은근히 배가 나와 신경이 쓰였던 터였다. 당장이라도 댄스 학원에 들어가 물어보고 싶었지만 선뜻 용기가 나지 않았다. 나는 아무리 호기심이 생겨도 낯선 걸 막상 시도하려 하면 늘 두려움을 느끼며 머뭇거리곤 했다. '운동도 한 적 없는데 춤이라니, 그것도 오리엔탈 댄스? 내가 출 수 있을까.' 호기심에 이어 낯선 것을 피하고 싶은 마음에 걱정이 줄줄이 따라 올라왔다. '춤은 무슨 춤, 에잇! 귀찮은데 다음에 알아보자.' 다음을 기약하며 자리를 뜨려는 순간, 발이 바닥에 붙은 듯 움직이지 않았다.

'물어만 보자. 상담만 해보는 거야.'

마음속에서 울리는 소리가 있었다. 왠지 그냥 지나치면 안 된다고. 작은 시도조차 하지 않고 지나치면 두고 후회할 것 같았다. 그제야 정신이 들었다. 얼마나 서 있었는지 추위에 몸이 떨려왔다. 나는 오리엔탈 댄스 학원 입구로 비장하게 걸어갔다. '그냥 물어만 보자.'

학원으로 들어가는 좁은 계단을 따라 지하로 내려가니 입구부터 범상치 않았다. 기하학적인 문양에 커다란 항아리가 놓여 있었고 거기에 크고 화려한 깃털들이 꽂혀 있었다. 아치 모양 입구를 들어서자마자 아랍 분위기가 물씬 풍기는 이국적인 조명이 드리워져 있었다. 입이 떡 벌어졌다. 어린 시절 놀이동산에 처음 갔을 때처럼 다른 세상에 온 것 같았다. 벽면에 드리워져 있는 빨간색 커튼이 멋스러웠다. 금색으로 반짝이는 지팡이들이 가지런히 꽂혀 있는 큰 항아리와 북처럼 보이는 타악기들이 있었다. 테이블 위에는 춤출 때 쓰는 칼이 전시되어 있었고, 한쪽 벽에는 TV에서 봤던 화려한 의상을 입은 마네킹들이 줄지어 서 있었다. 거기에 달콤하면서 쌉싸름한 향냄새까지, 여기가 바로 아랍이었다.

두리번거리고 있을 때 홀연히 아름다운 여자가 나타나 자신을 강사라고 소개했다. 수술이 달린 탑에 알라딘의 자스민 공주가 입을 법한 풍성한 바지에 동전이 잔뜩 달린 스카프를 골반에 두르고 있었다. 그녀가 움직일 때마다 스카프에 달린 동전들이 부딪치며 짤랑거렸다.

"저… 저……."

머뭇거리는 내게 자스민 공주님은 상냥하게 웃으며 말했다.

"등록하시게요?"

"아… 네… 그게……."

그녀의 아름다운 자태에 홀린 나의 입에서 엉뚱한 말이 튀어나왔다.

"저기요… 오리엔탈 댄스 배우면 뱃살 진짜 빠지나요?"

갑작스러운 질문에 그녀는 고민하는 표정을 짓더니 곧 자신만만한 표정으로 자신의 배를 가리켰다.

"그럼요! 허리도 쏙 들어갑니다."

"정말요?"

자연스레 나의 시선이 그녀의 배로 향했다. 거짓말처럼 믿음이 생겼다.

"저 3개월 등록할게요."

나도 모르게 툭 튀어나온 말에 깜짝 놀랐다. 충동적으로 내민 카드는 이미 자스민 공주님 손에 들려 있었다. 망설이는 내 표정을 읽었는지 그녀가 말했다.

"딱 3개월만 해보세요. 정말 뱃살이 쏙 빠진다니까요."

"아… 예……."

멍한 표정으로 고개를 끄덕였다. 왠지 모르게 정신이 쏙 빠진 것 같았다. 충동적으로 등록까지 해버리다니. 평소라면 생각을 거듭하고 또 했을 텐데. 사뭇 다른 내 모습이 낯설 지경이었다. 그래, 이건 분명 홀린 것이렷다. 이국적인 분위기에 홀리고 자스민 공주의 날씬한 배에 홀리고. 향 내음에 홀리고.

오리엔탈 댄스 첫 수업

고대하던 첫 수업이 다가왔다. 막상 춤을 배울 생각하니 두려움이 스멀스멀 올라왔다. '제대로 따라 할 수 있겠어?', '무슨 춤을 배운다고 그래?' 그럴 때마다 3개월 등록한 수강료 본전을 생각하며 용기를 냈다. '어차피 환불 안 돼! 딱 3개월만 해보자고.' 자신과의 싸움을 한바탕하고 수업에 가려니 생각지도 못했던 고민이 또 생겼다. 수업 시간에 도대체 나는 무슨 옷을 입어야 하는가.

상담하러 갔을 때 몇몇 수강생들이 배가 드러난 연습복을 입고 있던 게 떠올랐다. 연습복을 살까? 거울을 봐도 아직 배를 내놓을 때가 아니다. 나는 배를 덮는 연습복을 검색했지만 아무리 찾아도 상의가 긴 연습복 따위 없었다. 그러다가 어떤 블로그에서 오리엔탈 댄스는 골반 동작이 잘 보이도록 힙 스카프는 필수로 준비해야 한다는 걸 봤다. 나는 연습복을 '쿨'하게 포기하기로 하고 곧 힙 스카프 쇼핑을 시작했다. 힙 스카프는 비슷비슷했다. 벨벳 원단에 동전처럼 생긴 장식들이 몇 겹씩 달린 스카프 중에서 동전이 제일 많이 달린 스카프를 골랐다. 촘촘하게 달린 동전이 내가 움직일 때마다 크게 소리를 낼 거고 그러면 내 동작이 작고 어색해도 눈에 덜 띄겠지?

수업 첫날, 나는 운동복 바지와 몸이 드러나지 않은 큰 티셔츠를 입고 학원으로 향했다. 준비한 힙 스카프를 허리에 둘러매고 댄스 강의실로 들어갔다. 강의실은 사방이 거울이었다. 앞을 봐도 내가 보이고 곁눈질로도 내가 보이니 기분이 참 묘했다. 어딜 봐도 나의 시선이 날 집요하게 따라온다. 거울에 비친 내 모습이 이국의 춤만큼이나 낯설었다. '살면서 내 모습을 이렇게 자세히 본 적이 있던가?'

잠시 뒤 수업이 시작되자 예쁘고 화려한 의상을 입은

사람들이 하나둘씩 모였다. 다들 자신감 넘치고 여유 있어 보였다. 나는 왠지 모를 부러움에 힐긋거리며 사람들을 쳐다봤다. 나도 3개월이면 저들처럼 날씬하고 자신감에 차 있으리라.

수업은 몸을 푸는 가벼운 동작으로 시작했다. 신나는 음악이 흐르고 사람들의 시선은 선생님을 따라 움직였다. 팔을 쭉 들어 옆구리를 늘리고 골반을 좌우로 빼며 허리를 부드럽게 돌렸다. 나는 선생님만큼 부드럽게 움직이지는 못해도 그때까지는 그럭저럭 수업을 따라갈 수 있었다.

준비 운동 후에 안무를 배울 차례다. 오늘 배우는 오리엔탈 댄스 기본동작 중에 '힙 푸쉬'란 동작이었다. 힙 푸쉬는 말 그대로 골반을 좌우로 번갈아 세게 밀어서 치는 동작이었다.

"골반으로 공을 쳐서 저 멀리 보낸다고 생각하세요!"

사람들이 힘껏 골반을 옆으로 치자 허리에 두른 스카프의 동전들이 부딪치며 소리를 냈다. '촹!'

"왼쪽! 오른쪽!"

점점 박자가 빨라지고 리듬에 맞춰 사람들의 골반은 양옆으로 힘 있게 움직였다.

"골반을 더! 더 빼고!"

'촹! 촹'

흥겨운 샤키라의 <whenever, wherever>가 울려 퍼지고 사람들의 힙 스카프 동전 소리가 타악기처럼 박자를 맞추며 소리를 냈다. 음악이 얼마나 흥겨운지 몸이 절로 들썩거렸다. 어색함과 긴장은 사라지고 흥이 올라왔다. 마음속 샤키라같이 현란하게 골반을 움직이며 춤을 추는 내 모습이 상상됐다. 신나서 골반을 흔들었다. 한껏 몰입해 움직이고 있을 때 거울에 비친 한 사람이 눈에 들어왔다.

'촹! 촹!'

신난 사람들 틈에서 움찔거리고 있는 사람, 바로 나였다. 거울에 비친 내 모습은 꿈틀대는 애벌레 같았다. 상상 속에서 빠져나와 현실의 내 모습을 마주하자 당황스러웠다. 나는 힘껏 골반을 양옆으로 세게 뺐지만 내 골반은 꿈쩍도 하지 않았다. 나는 옆 사람이 움직이는 모양을 힐긋거리며 따라 했다. 그녀는 골반이 빠질세라 힘껏 쳐올리고 있었다. 나도 질세라 입술을 앙다물고 있는 힘껏 골반을 뺐다.

'틱'

'응? 에게?'

내 힙 스카프에 있는 동전들은 소리 없이 고요했다. 내 딴엔 골반을 뺀다고 뺐는데 이렇게 움직임이 하찮을 수 없다. 옆에 여자가 날 힐긋 보더니 의기양양한 미소를 보이자 슬며시 부아가 났다.

'어휴, 왜 이리 몸이 안 움직이지?'

움찔거리는 내 모습을 누가 뭐라 하지 않았지만 부끄러움에 목이 쏙 들어갔다. 수업이 끝나자마자 도망치듯 강의실을 빠져나왔다. 아무리 운동을 안 했어도 그렇지 어릴 땐 춤 좀 추는 걸로 날리던 꼬마였는데 너무하다. 왕초보 수업 정도는 그래도 따라 할 줄 알았건만 기본 동작부터 이렇게 막혀서야 3개월은 고사하고 당장 다음 시간도 걱정이었다. '역시 내게는 춤은 무리였어.' 첫 수업의 충격으로 '나이를 먹으면 몸이 굳어 버려서 춤을 배우는 건 어렵다'라고 멋대로 결론 내렸다. 그리고 그날 이후 나는 오리엔탈 댄스 수업에 나가지 않았다.

진짜 원하는 게 뭐야?

　나의 10대와 20대는 행복하지 않았다. 부모님의 이혼과 경제적인 어려움으로 내 마음은 흔들거렸고, 감당하기 힘든 파도가 몰아치곤 했다. 최선이라고 믿으며 살아왔지만 나는 미숙했고 어리석은 선택을 하곤 했다. 힘들었던 시기가 지나가고 그럭저럭 삶을 꾸려가며 한숨 돌렸을 때, 내 나이 서른 살이었다.

　예전보다 경제적으로 안정됐지만 난 여전히 미래가 불안했고 답답했다. 잠을 이루지 못한 밤이 쌓여가고 알 수 없는 불안감에 어쩔 줄 몰랐다. 어쩌다 잠이 들면 새벽에 조여오는 심장을 부여잡고 벌떡 일어나 날이 밝아올 때까지 잠 못 들기 일쑤였다. 이유를 알 수 없어 친구들에게 상의해 봐도 '원래 사는 것이 그렇다'란 답만 돌아왔다. 혹은 스트레스 때문이라고 말했다.

'그래, 나만 그런 건 아닐 거야.'

나는 대수롭지 않게 넘기며 일에 몰두했지만 내게 돌아온 건 우울증뿐이었다.

그날도 간신히 잠이 들었는데, 꿈속에서 낯선 목소리가 들렸다.

'네가 자초한 삶이잖아. 안 그래?'

화들짝 놀란 나는 가까스로 대답했다.

"아니, 꼭 그렇진 않아. 내가 선택할 수 없었던 것도 너무 많고."

'그럼, 지금 네 삶이 너의 선택이 아니란 말이야?'

날카롭고 매서운 질문이 할퀴듯 달려들었다.

"물론 내가 선택한 것도 있지만, 전적으로 내 선택은 아니란 뜻이야. 내가 진짜 원하는 삶은……."

그 대목에서 내 입이 쓱 닫혔다.

'네가 진짜 원하는 삶은 뭔데?'

대답을 찾으려 애썼지만, 그럴수록 내 입은 더욱 굳게 닫혔다.

'네가 진짜 원하는 삶은 뭐냐니까?'

목소리가 더 거칠게 나를 몰아세웠다.

'그냥 인정해 버려. 이게 네가 원하던 삶이라고 말이야.'

비웃음이 섞인 목소리에 나는 격렬히 저항했다.

"이건 내가 원하던 삶이 아니야!"

그러다 몸을 벌떡 세웠다. 잠에서 깬 나는 눈물을 닦아내며 신경질적으로 종이와 펜을 집어들었다.

'내가 진짜 원하는 삶은……'

꿈속과 마찬가지로 나는 다음 말을 단 한 줄도 쓰지 못했다.

며칠 후 우연히 텔레비전에서 다큐멘터리를 봤다. 얼마 전 한 번 수업에 가고 발길을 끊었던 오리엔탈 댄스 다큐였다. 주인공은 20대 댄서로 한국에서 알려지지 않은 아랍 춤을 예술로 알리고자 고군분투하는 내용이었다.

주인공은 다른 무용과 협업을 하거나 현대적으로 해석한 무대를 선보이기도 하고 한국적인 안무를 무대에 올리기도 하는 등 오리엔탈 댄스도 예술이라는 걸 증명

하려 노력했다. 그러나 낯선 춤을 반기는 이는 없었다. 당시 오리엔탈 댄스를 아는 사람도 적었거니와 흔히 '배꼽춤', '벨리댄스'로 선정적인 의상과 춤 동작들 위주로 미디어에 소개되면서 오리엔탈 댄스는 '야한 춤'이란 이미지가 강했다.

"오리엔탈 댄스는 예술적인 춤이에요. 저는 꼭 이 춤이 예술이란 걸 증명할 겁니다." 눈을 빛내며 이야기하는 그녀의 모습은 멋졌다. 그러나 현실은 만만치 않았다. 그야말로 도전의 연속이었다. '그런 격이 낮은 춤'에는 장소를 제공할 수 없다며 공연장으로부터 거절당하기도 했고, 편견 가득한 시선 앞에서 맥없이 좌절했다. 그럴 때마다 주인공은 많이 울었다. 울다가 눈물을 닦고 다시 도전하기를 반복했다. 나는 주인공이 울 때마다 나도 모르게 흐르는 눈물을 훔치며 다큐를 끝까지 봤다. 왜 눈물이 나는지 알 수 없었지만, 울음은 점점 더 격해지면서 통곡으로 바뀌었다.

'그래, 맞아. 나도 춤을 추고 싶었어. 내 꿈도 춤이었지.'

꿈속에서 떠오르지 못한 그 답, 내가 진짜 원하는 것은 바로 '춤추는 삶'이었던 것이다. 까맣게 잊고 지냈던 어린 시절 꿈이 선명하게 떠올랐다. 매일 춤을 추며 뛰어다니던 꼬마, 발레리나가 되겠다고 혼자 연습했던 어린 내가 기억났다. 춤을 추며 매일 행복했었는데. 유년 시절 스쳐 지나갔던 꿈이 나이 서른이 되도록 아직도 내 마음에 남아 있는 줄 몰랐다. 매일 밤 내 마음을 두드리며 잠을 깨운 것도 바로 이 꿈이었다. 이제는 알아 달라고. 기억해 달라고.

나무토막 아닙니다

일기장에 '내 꿈은 춤'이라고 꾹꾹 눌러 썼다. 꿈이라는 단어를 보니 뿌듯한 기분이 들었다. 이제야 내 마음을 내가 알아준 셈이다. 기쁜 마음으로 친구들에게 소식을 전했다.

"있잖아. 잊었던 꿈을 기억해 냈어. 나 어릴 때 꿈이 발레리나였거든. 발레든 뭐든 이제라도 춤을 배워보려고."

하지만 하나같이 돌아오는 대답이 시원치 않았다.

"응. 그래서? 나이 서른에 무용을?"

친구들의 시큰둥한 반응에 말문이 막혔다. 어린 시절 꿈을 이루고 사는 사람이 몇이나 되며 이 나이에 새삼 발레리나가 될 수 있는 것도 아니고(당시엔 성인이 취미로 발레를 배울 곳이 없었다).

'어차피 발레를 배울 수 없다면 다른 춤이라도 배워볼까?' 그 순간 오리엔탈 댄스가 떠올랐다. 아직 회원권도 남았겠다 우선 회원권이 끝날 때까지만 배워보자고 마음먹었다. 그러면 못다 이룬 발레리나의 꿈에 대한 미련도 조금은 덜어지지 않을까?

그렇게 나는 첫 수업 몇 주 만에 다시 용기를 내 오리엔탈 댄스 수업에 갔다. 다행히 선생님이 반갑게 맞아주었다.

"첫 시간 이후로 나오지 않으셔서 걱정했어요. 그런 분들 꽤 있으시거든요."

'아, 나만 그런 게 아니구나.'

거울에 비친 자기 모습에 충격받은 사람이 많다는 사실에 한편으론 무척 위안이 되었다. 수업이 시작되자 스스로 실망하지 말자고 다짐했다. 버둥거리는 날 받아들이자고.

오늘은 '벨리롤'이란 기본동작을 배웠다.

"배에 숨을 넣어서 볼록하게 만들어 보세요. 자, 배부른 배!"

나는 힘껏 숨을 넣고 배를 볼록하게 부풀려 봤다. '오, 이건 가만히 서 있어도 배가 나와서 그럴듯한걸.' 흡족한 기분도 잠시,

"배꼽을 등 뒤로 한껏 붙여 보세요. 자, 배고픈 배."

나는 숨을 빼고 있는 힘껏 배를 등짝에 붙였다. '어라! 배가 꿈쩍도 안 하네.' 당황하며 주변 사람들을 보니 배가 올챙이처럼 '뽁' 나왔다가 '쏙' 들어가는 것이 아닌가. 나는 있는 힘껏 배를 쥐어짜 넣어봤지만 역부족이었다. 선생님이 내 옆으로 다가와 나를 전담하기 시작했다.

"배에 힘을 주고 배고플 때처럼 홀쭉하게 넣어보세요."

'으으윽'

배를 아무리 넣어도 내 배는 '배부른 상태'로 있었다. 한참을 낑낑거리며 연습을 해봤지만 요지부동이었다. 쉬는 시간이 되자 보다 못해 옆에 있던 회원이 날 도와주기 시작했다.

"윗배만 힘을 줘요."

"아, 이… 이렇게요?"

"이번에는 아랫배, 힘!"

그러자 또 다른 회원이 다가와 내 어깨를 잡아주기 시작했다.

"어깨에 힘을 빼시고요."

한 명은 내 어깰 잡고, 다른 한 명은 내 배 위에 손을 얹어 구령을 외쳤다.

"하나, 둘!"

사람들이 모두 쳐다봤지만 부끄러울 새도 없었다. 나는 땀을 뻘뻘 흘리며 구령에 맞춰 열심히 따라 했다. 그래도 나무토막 같은 내 몸은 요지부동이었다.

"아이고, 나무토막같이 뻣뻣하시네요."

"배에 힘이 너무 없어요."

두 사람은 안타까워했다. 나는 부끄러움에 얼굴이 붉어졌다. '흥, 두고 보라고. 나무토막? 나도 말랑거리게 춤을 추고 말겠어!'

경쟁심인지 뭔지 모를 열정이 솟았다.

춤추는 아이

　내 몸이 처음부터 나무토막은 아니었다. 어릴 때 나는 유연하고 흥이 넘치는 아이였다. 나의 흥과 끼를 발굴해 낸 이가 있었으니 바로 우리 외할머니다. 할머니는 집에 손님이 오면 내가 좋아하는 디스코 음악을 틀고 나보고 춤 한번 춰 보라며 부추겼다. 어린 나는 부끄러움 없이 음악이 흐르면 음악에 몸을 맡겼다. 처음에는 간단히 엉덩이를 씰룩, 씰룩 흔들다가 동작에 자신감이 붙으면 짧은 다리로 스텝을 차곡차곡 밟았다. 그러다 나도 모르게 흥이 올라 과감하게 손가락으로 사방을 찌르기 시작하면 사람들의 시선이 내게 쏟아졌다.

　"저 꼬마가 지금 디스코를 추는 거예요?"

"세상에! 어쩜 춤을 저렇게 잘 추지?"

"타고난 춤꾼이 틀림없네요."

사람들의 칭찬을 들을 때마다 나는 어깨를 으쓱거렸다. 급기야 동네에서 춤 잘 추는 꼬마로 유명해졌다. 동네 어른들은 나를 볼 때마다 웃으며 말했다.

"자, 춤 한 번 춰 봐!"

누군가 내 등을 휙 떠밀면, 내 발이 멈춘 곳이 곧 무대가 되었다. 손뼉 치는 사람들, 박장대소하는 사람들에 둘러싸인 나는 절로 행복해졌다.

"지영아, 이리 와 봐!"

어느 날, 할머니가 급하게 나를 불렀다. 후다닥 달려가 보니 할머니는 TV 앞에 앉아 있었다.

"왜 불렀어요?"

심부름을 시킬 것 같아 나는 퉁명스레 물었다.

"저거 좀 봐!"

할머니는 TV 화면을 가리키며 방긋 웃었다. 심드렁하게 고개를 돌리다 내 눈이 휘둥그레졌다. 한 번도 본 적 없는 옷을 입은 여자가 보란 듯이 발끝으로 빳빳하게 서는 게 아닌가! 머리에 하얀 깃털로 장식된 왕관을 쓰고 하얀 드레스 입은 무용수들이 그녀 곁에서 춤을 추고 있었다.

나는 넋을 잃고 화면을 뚫어져라 쳐다봤다.

"할머니, 저건 뭐예요?"

"발레!"

'발레?' 나는 처음 들은 단어를 입안에서 여러 번 굴려 봤다. 발레가 뭔지 몰라도 너무 좋아 가슴이 벅차올랐다. 다음 날부터 할머니는 날 위해 열성적으로 방송 편성표를 보고 티브이에서 방영되는 발레 공연을 모두 비디오로 녹화해 주었다. 덕분에 나는 백조의 호수, 지젤 등의 발레 공연을 원 없이 볼 수 있었다.

그때부터 디스코는 잊었다. 대신 발레리나를 흉내 내며 온종일 춤을 췄다. <백조의 호수>의 백조처럼 날갯짓하며 발끝으로 춤을 추고, 지젤을 상상하며 점프했다. 안타깝게도 당시엔 발레를 배울 수 있는 곳이 흔하지 않았고 우리 집 사정도 내게 발레를 가르쳐 줄만큼 넉넉하지 않았다. 일찍부터 나는 꿈은 그저 꿈일 뿐 현실에서 이뤄질 수 없다는 걸 누가 알려주지 않아도 알게 되었다.

그런데 내게도 기회가 찾아왔다. 초등학교 5학년 어

느 날, 내가 발레를 배우고 싶어 하는 걸 아는 친구가 종이 한 장을 내밀었다. 어린이 발레단과 합창단 모집공고였다. 무엇보다 내 눈길을 끌었던 문장이 있었다.

'합격한 사람은 발레 수업이 무료이고, 공연에 참여할 수 있습니다.'

들뜬 마음에 공고문을 계속 읽어 내려가다 그만 맥이 탁 풀리고 말았다.

'자격 요건 : 발레 수업 3년 이상 받은 어린이'

발레를 한 번도 배워본 적 없는 나는 지원 자격조차 되지 못한다는 뜻이었다. 나는 어떻게든 지원하고 싶었다. 하지만 시험 준비를 어떻게 해야 할지부터 막막하기만 했다. 어린이 발레단 지원 자격 조건을 맞추기 위해 친구들이 한 달짜리 입단 수업을 받는다는 말을 들은 후, 나는 엄마 앞에서 자주 주춤거렸다.

'엄마, 무용학원에 한 달, 딱 한 달만 다니면 된대. 그러니까 나도……'

입단 원서를 내기 전까지 밤잠을 설치며 고민했지만 차마 입이 떨어지지 않았다. '밑져야 본전인데 그냥 지원서라도 내볼까? 합격은 어려워도 입단 시험은 볼 수 있잖아.' 다음 날 접수처로 걸어가는 동안 온갖 생각들이 나를 괴롭혔다.

'어차피 난 안 될 거야. 그러니까 포기하자. 근데 혹시 합격하면? 분명 엄마가 힘들 거야. 우리 형편에 발레라니……'

속상한 얼굴로 입단 지원서를 물끄러미 내려다보고 있을 때였다.

"학생! 지원서 낼 거야?"

담당 선생님이 물었다.

"아, 아니요!"

나도 모르게 뒤돌아서 뛰쳐나왔다. 잠시 후, 구겨진 원서를 본 순간, 절망과 슬픔이 온몸을 휘감는 것 같았다. 그 순간 조금 생뚱맞은 생각이 떠올랐다. '어차피 같은 건물이니 합창단을 해보면 어떨까? 발레 수업을 훔쳐보고 나 혼자 연습하면 되니까.' 내 노래 실력이 칭찬받을 만하진 않았지만, 나는 차선책으로 합창단 시험을 보러 갔다.

합창단 시험장에는 순서를 기다리는 아이들로 북적였다. 한 명씩 준비한 곡을 부르는 동안 나는 오직 발레 생각만 했다.

'제발 합창단에 붙어야 하는데. 그래야 발레단 수업을 구경할 수 있는데……'

드디어 내 차례가 되었다. 합창단에 크게 미련이 없어서 오히려 긴장도 하지 않고 차분하게 노래를 불렀다. 고음도 무난하게 넘어가서 제법 괜찮게 부른 것 같았다. 나는 내심 기대하며 합격자 발표를 기다렸다. 합격한 아이들이 호명됐다. 이름이 불린 아이들이 방방 뛰어오르는 동안 나도 두 손을 꼭 모으고 기도했다. 하지만 끝내 내 이름은 불리지 않았다. 그리고 이어진 발레단 합격 발표.

"발레단은 전원 합격입니다."

그날 발레단 지원자는 미달이었다. 게다가 합격한 아이들도 나와 별 차이 없는 초보였다는 걸 알았을 때는 아쉬움에 눈물이 흘렀다.

'이럴 줄 알았으면 도전해 볼걸.'

내가 좋아하고 진심으로 원하는 걸 솔직하게 말하고 도전했더라면 실패해도 미련이 남지 않았을 텐데. 나는 그때의 결정을 두고두고 후회했다. 어린 시절 꿈을 꺼내 보지도 못하고 포기한 상처는 생각보다 컸다.

그 후로 나는 인생의 갈림길에 설 때마다 진정 원하는 것이 무엇인지 살피는 버릇이 생겼다. 가슴에 미련을 남기는 것이 얼마나 어리석은 일인지 뼈저리게 느꼈기 때문이다. 나 자신에게 솔직하고 용기 내어 뭐라도 해보면 결과가 좋지 않더라도 행복했다. 설령 그 과정이 힘들고 고통스럽더라도 돌이켜 보면, 늘 그 선택은 옳았다.

마음에도 분절이 필요하다

어느덧 따듯한 봄이 왔다. 오리엔탈 댄스를 배운 지도 6개월이 지났다. 나무토막 같았던 몸이 말랑말랑해진 건 아니었지만 그래도 마음만큼은 말랑말랑해지면서 삶에는 생기가 돌았다. 잠을 못 이루던 밤은 깊이 달게 자기 시작했고, 미래에 대한 불안과 직장의 스트레스는 춤에 밀려 저만치 멀어졌다. 나는 틈만 나면 오리엔탈 댄스 영상을 찾아보며 열심히 배워나가고 있었다. 그러다 우연히 '드럼솔로' 영상을 보게 되었다. '드럼솔로'는 리듬에 맞춰 몸의 각 부분을 분절해서 움직이는 춤이다. 이를테면 가슴을 움직일 때는 가슴만 분리해서 움직이고, 골반은 골반대로 분리해서 움직이는 것이 포인트다. 분절은 오리엔탈 댄스의 묘미로 기본동작을 배울 때도 분절이 잘되어야 멋들어지게 춤을 출 수 있다.

왕초보 수업에도 매번 분절을 연습했다.

"가슴을 좌우로 슬라이드."

(가슴을 양옆으로 움직이는데 턱은 왜 따라가는 걸까?)

"목만 슬라이드."

(사람이 목만 움직일 수 있나요? 아, 나만 빼고 다 되네요.)

"상체 고정. 골반만 움직이세요."

(저도 골반만 움직이고 싶어요. 그런데 왜 가슴도 같이 실룩거릴까요?)

총체적 난국이었다. 나는 언제쯤 자유자재로 몸을 움직일 수 있을까? 솔직히 춤을 오래 배운 지금도 여전히 분절이 어렵기만 하다.

'분절'의 사전적 의미를 찾아보면 다음과 같다.

[분절] 사물을 마디로 나눔. 사고 및 행동에서 전체와 관련 있고 별도로 고찰할 수 있는 구성 부분.

연결이 되어 있지만 별도로 나눌 수 있는 것이 바로 분절이란다. 춤에서 분절도 따지고 보면 같은 의미가 아닌가. 우리 몸은 연결되어 있지만 각 부위만 별도로 움직이니까. 그러려면 예리하게 느끼고 섬세하게 움직이도록 근육과 신경을 단련해야 할 것 같았다. 마음도 비슷하다.

어느 날 친한 상사분이 내게 조심스레 말을 건넸다.

"지영씨는 분리가 어려운 것 같아. 힘든 일 있으면 그 일에 푹 빠져."

맞는 말이었다. 나는 힘든 일이 생겼을 때 지나치게 마음을 쏟아 일상생활에 지장을 주는 일이 허다했다. 남자친구가 갑작스럽게 이별을 통보했을 때도 누가 봐도 실연당한 티를 팍팍 내고 다녔다. 직장에서 사람들 사이에서 갈등이나 일이 버거울 때면 집에 돌아와서도 마음은 그것들과 전쟁이었다. 나와 고민거리가 하나가 되어 온 마음을 지배했고 세상 사람들이 다 알도록 티를 팍팍 내고 다녔으니 지금 생각하면 참 부끄럽기 짝이 없다.

팍팍한 세상에도 유연하게 살 수 있으려면 마음에도 분절이 필요하다. 버거운 일이나 힘껏 참아야 할 상황에도 삶에 너무 섞지 말고 분리할 줄 아는 단단한 마음. 그 일에 지배당하지 않는 마음을 얻으려면 부단한 연습이 필요하리라. 몸의 분절과 마음의 분절, 모두 오랜 시간을 두고 단련할 일이다.

거울에 비친 내 모습

거울에 비친 자기 모습을 정성껏 오래 바라본 적 있는가? 춤을 처음 배웠을 때 가장 어색했던 게 바로 거울에 비친 내 모습이었다. 그전까지 나는 화장은커녕 세수만 잘하면 된다며 외모를 가꾸지 않았다. 그러다 보니 거울을 볼 일이 없었다. 그러니 거울 속 내 모습이 얼마나 낯설었겠는가. 나의 얼굴과 움직이는 몸을 마주한다는 건 흡사 낯선 사람을 만나는 것 같은 기분마저 들었다. 내가 생각했던 나는 거울에 비친 나와 매우 달랐다. 특히 못난 부분만 유독 눈에 들어왔다. 삐뚜름한 어깨가 거슬리고 딱딱한 입매와 화가 난 듯한 표정도 싫었다.

춤을 배우고 복습하느라 예전보다는 거울을 자주 보게 됐다. 퇴근 후에 씻고 전신 거울 앞에 서서 수업 시간에 배운 대로 어깨와 가슴을 펴고 배에 힘을 주고 바르게 서 보려 했다. 골반을 빼서 곡선을 살려서 서는 연습도 하고 가슴을 유연하게 움직이는 연습도 했다. 자연스레 매일 거울 앞에 서서 나를 관찰하게 되었고, 어느덧 거울에 비친 내 모습이 익숙해졌다.

춤을 배운 지 일 년이 되었을 무렵, 문득 거울 속 내 모습이 뭔가 달라져 있는 걸 깨달았다. 자세가 한결 펴진 것 같고 자신감도 있어 보였다. 안색이 밝아지고 표정도 예전보다 부드러워져 보였다. 거울을 자주 보다 보니 내 모습에 적응한 것이 아닐까? 아니면 나태주 시인의 <풀꽃>처럼, 자세히 보고 또 오래 보다 보니 내 모습에 정이 들어서 예뻐 보이는 걸까? 주변 사람들도 예전보다 생기 있어 보인다며 바뀐 내 모습을 칭찬했다.

춤을 배우는 사람들끼리 '거울 마사지'란 말을 종종 한다. 연예인들이 방송 출연을 하면서 점점 예뻐질 때 '카메라 마사지' 받아서 그렇단 말을 하듯 우리도 거울을 자주 봐서 그런지 춤을 배우면서 예뻐진다고 말했다. 특히 오리엔탈 댄스는 여성의 곡선을 강조하는 동작이 많아 자연스럽게 거울을 보며 자세와 태를 다듬게 되고, 춤을 추면서 표정도 밝아지니 좋아지는 것이 당연하다. 무엇보다 거울을 보며 자기 모습을 자꾸 보니 정들고 익숙해지면서 자신을 있는 그대로 인정하고 받아들이고 사랑하게 되는 것이 아닐까.

그러고 보면 자신과 친해지는 건 친구를 사귀는 과정과 닮았다. 낯선 첫 만남 뒤에 친숙해 지고 좋다가도 멀어졌다가 더 끈끈해지는 그런 친구. 어쩌면 평생 두고 알아가며 친해져야 하는 건 바로 나 자신이 아닐까. 춤을 추는 건 참 좋다. 예뻐져서 좋고 내가 어떤 모습인지 알고 그대로 받아들이게 되는 것도 좋고. 이래저래 참 좋다.

쉬미 [Shimmy]

'오리엔탈 댄스'하면 떠오르는 대표적인 동작이 있다. 골반을 리듬에 맞춰 빠르게 떠는 동작인 '쉬미(Shimmy)'다. 나는 유독 이 동작이 어려웠다. 일정한 리듬으로 다리 혹은 골반을 빠르게 떨어야 하는데 나는 번번이 리듬을 놓치곤 했다.

"매일 연습해 보세요. 몸으로 익히면 돼요"라는 선생님의 응원에도 불구하고 아무리 연습해 봤자 내 골반은 삐그덕거렸고 리듬은 엉켜버리기 일쑤였다. 급기야 나는 '쉬미'를 하지 못하는 몸이라며 포기하기에 이르렀다.

그러던 어느 날 나 빼고 다른 수강생 모두 결석하게

되어 뜻하지 않게 개인 강습이 이루어졌다.

"오늘은 저랑 쉬미를 집중적으로 연습해 보자고요."

선생님의 의욕적인 표정을 보자 나도 쉬미를 잘할 수 있다는 희망에 부풀었다.

"한쪽 다리만 떨어봐요."

나는 한쪽 다리만 앞뒤로 빠르게 떨어봤다.

'덜덜덜… 덜덜… 덜거덕?'

"어머, 다리가 왜 멈추지? 다시! 박자를 맞춰서."

'덜덜덜덜덜…덜…덜……'

아무리 박자를 세며 다리를 떨어도 잘 나가다가 배터리 떨어진 것처럼 '덜거덕' 멈춰 버리는 게 아닌가.

"아니, 왜 이런 거지? 다시 더 세게!"

선생님은 삐그덕거리는 내 다리를 보고 당황하며 아예 쭈그려 앉아 내 무릎에 손을 대고 소리쳤다.

"제 손을 무릎으로 쳐봐요. 세게!"

"얍!"

나는 두 주먹을 불끈 쥐고 있는 힘껏 무릎을 튕겨 선생님의 손바닥을 쳤다. 달달거리며 흔들리던 두 다리는 리듬이 무너지며 멈추기를 반복했다. 한 시간이 지나고 선생님과 나는 지쳐서 자리에 주저앉았다. 지친 선생님의 얼굴을 보니 미안한 마음이 들었다.

"참 이상하네요." 선생님은 고개를 갸우뚱거렸다. 이 정도면 감을 잡을 법도 한데 나는 왜 안 될까? 구조적으로 다른 문제라도 있는 걸까?

그때 언뜻 떠오르는 기억이 있었다. 안무 중에 바닥에 앉아서 추는 동작이 있었는데 다리 모양을 'M'자로 만들어 앉아야 했다. 남자들은 어려워도 여자들은 편하게 앉는 자세인데 나만 유일하게 못했던 기억이 났다. 무릎 꿇는 자세에서 무릎을 바깥쪽으로 틀어 다리를 빼야 하는데 너무 아파서 도저히 할 수가 없었다. 다른 사람들은 참 편히도 앉는데 말이다. 혹시 쉬미를 못하는 것이 이것과 연관되어 있지 않을까?

나는 해부학 자료를 찾아보기 시작했다. 공부를 거듭할수록 몸이 유기적으로 움직인단 걸 새삼 깨닫게 되었다. 다리를 떨고 골반을 흔드는 이 동작은 단순히 다리와 골반 근육만 관여하는 것이 아니었다. 관여하는 근육이 엄청 많았다.

나는 좌우 균형이 깨져 몸이 틀어진 것과 몸통과 복부 근막이 유독 굳어 있는 것도 골반이 잘 움직이지 않는 이유 중 하나인 걸 알게 되었다. 곧바로 몸의 균형을 잡아가는 운동과 근막 마사지, 코어 운동을 병행했다. 그리고 고관절을 유연하게 쓰기 위해 몸 구석구석 스트 레칭을 했다. 몸의 변화는 참 놀라웠다. 나는 완벽하지 는 않지만 다리 모양을 M자로 만들어 앉을 수 있게 되 었다.

몇 달이 지나자 몸에 리듬감이 생기면서 쉬미가 예전 보다 좋아졌다.

"와~ 중심축도 많이 좋아졌네요."

선생님의 칭찬에 어깨가 으쓱해졌다. 문제의 원인을 알게 되자 몸의 균형이 잡히고, 복부에 힘이 생기니 모 든 동작이 한결 편해진 것이었다.

나는 춤을 추면서 눈에 보이는 것만이 문제의 원인이 아닐 수도 있다는 걸 알게 되었다. 때로는 열심히만 하 는 것이 능사는 아니라는 것도 말이다. 연습도 사는 것 도 영리하게 해야 한다고 쉬미는 내게 가르쳐주었다.

그분이 오신 날

사람들은 내가 춤을 배운다고 하면 대뜸 "끼가 많으신가 봐요?"라고 묻는다. 내가 아니라고 대답하며 얼마나 내성적이고 낯가림이 심한지 피력해도 믿지 않는 눈치다.

초등학교 때 일이다. 어쩌다 학급 임원을 맡게 되었는데 나의 임무는 수업이 끝나면 큰 소리로 구령을 붙여 아이들을 선생님께 인사시키는 일이었다. 그런데 막상 구령을 붙이려니 너무 긴장되어 정신이 아득해질 지경이었다. 입이 떨어지지 않아 입술만 달싹거렸다. 선생님과 아이들은 그런 나를 이상하게 쳐다봤다.

"지영아, 구령해야지. 어서."

친구들의 시선이 집중되자 더욱 긴장되었다. 도망치고 싶은 마음밖에 없었지만, 나는 어렵사리 용기를 짜냈다.

"차렷, 열중 셧, 차렷, 선생님께 경례."

내 딴에는 큰 소리로 외친다고 했지만 목소리가 목구멍에서만 맴돌았다.

"휴, 다시 해볼까?"

선생님은 긴장한 내가 안타까우셨는지 다시 기회를 주었다.

"차렷, 여…열중…셧……."

염소같이 떨리는 목소리로 간신히 구령을 마친 나는 급기야 울먹이고 말았다. 선생님은 그 모습이 안쓰러웠는지 그 이후부터는 내게 구령을 시키지 않았다.

시간이 흘러 어른이 되어서도 내 성향은 여전했다. 직장생활을 할 때도 사람들 앞에 나서는 걸 극도로 꺼렸고, 어쩌다 발표라도 하는 날이면 신경성 위경련에 배를 움켜잡고 스트레스에 예민한 대장 때문에 화장실을 들락거렸다. 회식이라도 있는 날이면 구석에서 조용히 안주만 삼킬 뿐 여러 명이 왁자지껄한 분위기를 무척 불편해하며 즐기지 못했다. 2차로 노래방을 갈 때면 절대 마이크를 잡는 법이 없었다. 제일 구석 자리에서 탬버린만 두드리며 적당히 분위기만 맞추는 정도였다. 그렇게 있는 듯 없는 듯 눈에 띄지 말고 조용히 사는 것이 나의 사회생활 방식이자 생존 방식이었다.

그러던 어느 날, 회사에서 해외 출장을 가게 되었다. 거래처 사람들과 직장 상사들과 함께 가는 어려운 자리였다. 다행히 해외 출장 일정이 무사히 마무리되었고 이를 축하하기 위해 현지 직원이 소개해 준 바(Bar)에 뒤풀이를 갔다. 바(Bar)는 2층짜리 건물 전체를 감옥 콘셉트로 꾸며 독특한 분위기를 자아냈다. 입구에는 간수 복장을 한 직원들이 문 앞을 지키고 있고 넓은 홀에는 죄수 복장을 한 웨이터들이 분주히 오가며 서빙하고 있었다. 위아래로 뚫린 높은 천장에 현란한 조명이 돌아가고 위층 소파 자리 앞 난간은 창살 장식이 있어 몇몇 사람들은 창살 사이로 얼굴을 내밀고 아래층을 구경하고 있었다. 1층에는 서서 마실 수 있는 테이블들이 놓여 있고, 테이블 사이에 봉이 설치된 작은 무대가 있어 누구든 자유롭게 올라가 춤을 출 수 있었다. 낯선 음악과 조명에 색다른 분위기까지 바(Bar)에 들어서자마자 일행들은 눈이 동그래져 구경하기 바빴다. 시끄러운 걸 싫어하는 나조차도 색다른 분위기에 한껏 들떴다.

우리는 구석 테이블에 자리를 잡고 맥주를 주문했다. 서로 예의를 차리느라 지루한 대화만 주고받는 동안 나는 구석에서 말없이 맥주만 홀짝였다. 잔잔하게 늘어지는 음악처럼 시간도 느릿느릿 흘러갔다. 그렇게 무료함이 최고조에 달했을 때쯤이었다.

쿵! 쿵! 쿵!

조용했던 음악이 빠른 비트로 바뀌면서 조명도 현란해졌다. 곧이어 바닥에 안개가 깔리고 사람들의 환호성이 울렸다. 바(Bar)의 분위기가 점점 고조되었다. 분위기는 더욱 달아올라 몇몇 사람이 작은 무대에 올라가 봉을 잡고 춤을 추기 시작했다.

무대 위에서 몸을 흔드는 사람들을 보자 나도 모르게 내 몸도 움직이기 시작했다. 둥둥둥! 빠른 비트에 늘어져 있던 관절들이 깨어났고, 차츰 내 동작은 과감해지고 있었다. 그러다 갑자기 뭔가에 이끌린 듯 내 몸이 무대로 향했다. 무겁고 지루한 것들을 훨훨 벗어던지고 리듬에 몸을 맡겼다. 그 순간 아무것도 보이지 않았다. 시간이 멈춘 것 같이 이 순간이 비현실적인 것만 같았다. 음악에 끌려서 내 의지와 무관하게 과감한 동작들이 이어졌다. 마치 무대가 나를 위해 준비된 듯 자신감도 충만해졌다. 나는 주변 시선도 신경 쓰지 않고 무아지경에 푹 빠졌다.

빠르고 강렬한 비트의 곡이 끝나고 느린 음악으로 바뀌자 나는 차츰 이성이 돌아왔다. 환호성을 보내는 금발 남자와 눈이 마주치는 순간 집 나갔던 정신이 단박에 돌아왔다. 무대 밑에는 나를 바라보는 사람들로 가득했다.

'어머! 내가 미쳤나 봐.'

뒤늦은 자각으로 얼굴이 벌겋게 달아올랐다. 나는 정신없이 자리로 돌아가 앉았다.

"세상에! 춤꾼이었군?"

"지영씨 엄청 멋지던데?"

"끼가 보통이 아니야. 아주 그분이 제대로 온 것 같던데?"

다들 깜짝 놀란 얼굴로 한마디씩 했다. 부끄러워진 나는 고개를 푹 숙이고 맥주만 들이켰다. 내가 미쳤지!

그날 이후 나는 직장 동료들에게 '봉 댄서'라는 별명으로 불렸다. 그리고 그해 연말 회사 행사에서 손담비 댄스를 선보이는 만행을 또 저지르고 말았다. 그 뒤로 부끄러움에 밤마다 '이불킥'을 했지만, 그분이 오셨을 때의 해방감과 자유로움은 내게 강렬한 인상을 남겼다. 내 깊은 내면에는 나도 모르는 끼와 흥이 숨어있는지도 모르겠다. 깊이 잠든 마그마가 깨어나 화산이 터지듯 '아주, 매우' 드물긴 하지만 지금도 가끔 그분이 온다. 춤에 무아지경으로 빠져 훨훨 날아다니는 순간 말이다.

꼴등도 할만하지 않은가

꼴등이 좋을까? 일등이 좋을까?

학창 시절, 시험 결과가 나오면 교실 벽에 등수를 붙여 놓는 선생님이 있었다. 위에서부터 봐도 아래에서부터 봐도 내 이름은 늘 중간에 있었다. 특별히 잘하는 것 없고 눈에 띄지 않는 아이였던 나는 상위권 아이들 이름을 보며 늘 궁금했다. '일등만 하면 어떤 기분일까?'

일등, 아니 상위권에 있으면 늘 행복하고 자신감이 넘칠 것 같았다. 뭐든 중간치에서 머무는 통에 자신감 없던 나는 상위권 친구들이 부럽기만 했다.

오리엔탈 댄스를 배운 지 두 해가 지나고 나는 고급

반 수업에 등록하게 되었다. 그런데 이 고급반 수강생들은 전부 타 학원 원장님이거나 현직 강사분, 공연단원들이었다. 사실 고급반 수업은 내 실력으로 낄 자리가 아니지만 원장 선생님의 특별 배려가 있었다.

"처음 온 거에요?"

수업 첫날 머뭇거리며 서 있는 내게 한 수강생이 다가와 퉁명스럽게 물었다.

내가 고개를 끄덕이니 그녀는 턱으로 구석을 가리켰다.

"수업 전에 연습실 바닥 닦고, 걸레는 빨아 놓으세요."

당당하게 청소를 시키는 통에 얼떨떨했다.

"아…네……."

나는 기죽은 목소리로 대답하곤 걸레질을 시작했다. 걸레질을 마치고 수업 시작하기 전에 나는 거울이 잘 보이는 가운데 자리에 가서 섰다. 그러자 누군가 내 팔을 툭 쳤다.

"이봐요! 처음 왔으면 뒷줄 끝으로 가셔야죠!"

기분 나쁜 표정으로 노려보는 수강생을 보자 내가 큰 실수를 했구나 싶었다.

'여긴 자리도 정해져 있나 보네.' 눈치껏 마지막 줄 가장자리 끝에 섰다.

수업이 시작되자마자 나는 또 놀라지 않을 수 없었다. 수업 분위기는 진지하다 못해 살벌했고 긴장감마저 돌았다. 이렇게 열정적이고 엄격한 수업은 처음이었다. 더욱 놀라웠던 건 그들의 춤 실력이었다.

그중에도 특별히 눈에 띄는 세 명이 있었다. 그들의 춤 실력과 카리스마 넘치는 분위기는 범상치 않았다. 얼마 지나지 않아 이 세 사람이 반에서 서열이 가장 높은 걸 눈치챘다. 그들은 출산 휴가 중인 원장 선생님을 대신해 돌아가며 수업을 맡았다.

고급반 안무는 내게는 수준이 높아 어려웠다. 내 수준보다 한참 높은 안무를 배우는 통에 중간중간 내게 불호령이 떨어졌다. 여기가 군대인가, 춤 교습소인가 헷갈릴 지경이었다. 그들 사이의 경쟁은 무서울 정도로 냉정하고 치열했다. 나는 당연히 그 안에서 이리저리 치이는 꼴찌였다.

직장 스트레스를 풀려고 왔는데 걸레질에 야단까지 맞으니 그야말로 죽을 맛이었다. 당장 그만둬야지 하는 마음이 불끈불끈 솟았지만 막상 그만두려니 이상하게도 망설여졌다. 내가 춤의 고수들을 한자리에서 구경하는 것도 드문 일이고 그들 사이의 '진검승부'가 묘하게 나를 끌어당겼다. 나는 일단 참아 보기로 마음먹었다. 그와 동시에 살아남을 방법도 궁리했다.

나는 다음 수업부터 일찍 도착해 청소를 끝내 놓고 춤 선배들에게 무조건 배꼽 인사를 했다. (물론 나보다 어린 사람들도 있었다.) 특히 서열이 높은 세 명의 선생님들에게는 더욱 깍듯하게 인사를 하고 알짱거리며 눈도장을 찍었다. 쉬는 시간이면 다가가 수업 시간에 배운 동작을 물어봤다.

"선생님, 아까 배운 동작 좀 봐주실 수 있나요?"

처음 몇 번은 대충 가르쳐 주는 둥 마는 둥 했다. 그럼에도 조언을 귀담아듣고 열심히 연습하자 그들의 태도가 변하기 시작했다. 가르쳐 준 것들을 독하게 연습해서 점점 나은 모습을 보여주니 선생님들은 가르칠 맛이 난다고 기특해했다. 나중에는 묻지도 않았는데 먼저 와서 가르쳐 줄 정도로 친분이 생겼다. 그러자 점점 다른 사람들도 내게 호의적인 태도를 보였다.

몇 달이 흘렀고 그동안 나의 걸레질 실력 못지않게 춤 실력도 훌쩍 늘었다. 그리고 출산 휴가에서 원장 선생님이 돌아왔다. 원장 선생님은 강의실을 둘러보다가 바닥을 닦는 날 보더니 화들짝 놀랐다.

"지영님! 청소하지 않아도 돼요!"

"네?"

"지영님이 매번 이렇게 청소했던 거예요?"

"네. 원래 신입이 하는 거라고 해서요."

"어휴!"

원장 선생님은 내 손에 들고 있던 걸레를 빼앗아 들고 수강생들 앞에서 큰 소리로 말했다.

"여러분! 이분은 공연단 아니고 일반 수강생이세요!"

사람들은 놀라 웅성거렸다. 일반 수강생은 들어올 수 없는 수업이니 응당 나를 공연단 신입으로 여기고 그동안 엄하게 대했던 것이다. 세 명의 선생님을 비롯해 다른 수강생들도 내게 미안해했다.

"어휴, 왜 말 안 했어요."

"그러게. 우린 공연단에 막내 들어온 줄 알고 그랬어."

"미안하네. 자리도 이제 앞쪽에 서요."

수강생들은 웃으며 내 등을 밀어 앞줄로 보내줬다. 거울이 보이는 자리에 서다니 승진이라도 한 것 같았다. 그 후로 날 대하는 태도가 부드럽게 변했음은 물론이고 묻지 않아도 서로 가르쳐 주려고 난리였다.

나를 볼 때마다 미안해하는 수강생들에게 나는 진심으로 괜찮다고 말했다. 전문가의 세계를 진하게 맛봤으니 나로서는 실보단 득이 많았던 경험이었다. 이 경험을 통해 나는 처음으로 꼴등의 장점을 발견했다. 꼴등의 자리에 있으니 더 이상 내려갈 곳도 없어 오직 올라갈 일만 남았다는 안도감이 들어 마음이 편했다. 그뿐 아니라 나보다 잘하는 사람들 틈에서 배울 때 실력이 가장 빨리 는다는 걸 경험했다. 나는 그 뒤로 기꺼이 꼴등이 되려고 한다. 꼴등일 때는 나를 제외한 모두가 내 스승이 되는 셈이니까. 이 정도면 꼴등도 할만하지 않은가.

바람, 바람, 춤바람

춤 동반자, 김장미

고급반 수업을 맛본 후로 나는 춤을 더 깊게 배우고 싶은 마음이 간절해졌다. 그래서 오리엔탈 댄스 강사 자격증에 도전하기로 마음먹었다. 강사 자격증은 학원마다 과정이 다른데 내가 지원했을 당시는 단일 코스로 6개월의 훈련 과정을 거친 후 시험을 볼 수 있었다. 그리고 합격하면 20시간 실습을 해야 비로소 자격증을 받을 수 있었다.

강사 자격증반 동기들은 나이도 직업도 각양각색이었다. 가장 연장자 쭈리 언니는 50대 중반에 마라톤 대회에 나갈 정도로 체력이 좋았다. 아나운서였다가 결혼하고 육아만 했던 쏘 언니는 아이들을 키워 놓고 제2의 인생을 위해 자격증에 도전했다. 그리고 나처럼 직장 다니며 춤이 좋아서 자격증에 도전하는 송이, 스위스에서 유학 생활 중 잠시 귀국한 틈에 춤에 빠져 자격증에 도전하는 심 언니까지. 다들 개성이 뚜렷하고 살아온 환경은 달랐어도 우리에겐 춤이란 공통 분모가 있기에 금방 친해질 수 있었다.

그중에 나의 춤 인생에서 빠질 수 없는 인물이 있으니 동기 중에 막내였던 김장미다. 장미와 나는 지금까지도 끈끈한 우정을 이어오고 있다. 지금도 함께 춤을 배우러 다니고 있으니 그녀를 가히 나의 춤 동반자라고 부를만하다. 처음 만났을 때 그녀는 개성이 뚜렷한 친구였다. 독보적으로 풍만한 몸매에 반해 귀여운 얼굴로 사람들의 시선을 끌었을 뿐 아니라 춤에 대한 재능도 뛰어나서 늘 주목받았다.

자격증 첫 수업 시간이었다. 사람들 입가엔 설렌 웃음이 만발했고 분위기는 시종일관 화기애애하게 이어졌다. 하지만 수업이 끝나자마자 원장 선생님은 입가에 웃음기를 지우고 근엄한 표정을 지으며 말했다.

"이번 주에 배운 건 반드시 다음 시간까지 완성해서 오셔야 합니다."

"전부 다요? 너무 많은데."

모두 울상이 되었다. 그럴만한 것이 자격증 수업은 매주 한 번, 6시간 수업이었다. 그만큼 배우는 양이 많았다.

"선생님, 안무도 외워야 하나요?"

"그럼요. 배운 부분까지 안무도 숙지해 오세요."

"아, 안무까지……."

원장 선생님의 날벼락 같은 숙제에 다들 고개를 설레설레 저었다. 안무는 외운다 쳐도 그 많은 동작을 일주일 만에 '완성'하란 말은 도무지 현실적으로 느껴지지 않았다.

"말도 안 돼. 어떻게 일주일 만에 완성할 수 있겠어?"

"그건 기적이지. 암."

우리는 그건 실현 불가능한 일이라 믿었다. 누가 그렇게까지 연습할 수 있단 말인가. (적당히 하다 보면 넘어가겠지.)

그러나 몇 주가 지나서 우리는 기적을 만들었다. 스스로 지옥 훈련에 뛰어들었고 될 때까지 연습하는 집념을 보여줬다. 그 기적을 일으킨 건 원장 선생님의 갈굼과 질책이 아니라 바로 막내 김장미였다.

우리가 배우는 안무는 일반적인 안무 이외에 도구를 활용한 안무가 있었다. 자격증 시험에는 지팡이(Cane), 베일(Veil), 핑거심벌즈(Finger Cymbals, Zill)를 이용해 춤을 추는 안무가 있었다. 그중에 가장 어렵다는 '핑거심벌즈'를 배우는 날이었다. 핑거심벌즈는 어릴 때 학교에서 배웠던 캐스터네츠와 비슷한데 작은 심벌즈를 손가락에 끼고 서로 치면 종소리처럼 맑은소리가 났다. 장단에 따라 손가락을 움직여 심벌즈를 치면서 안무까지 소화해야 하니 여간 힘든 것이 아니었다. 손이 움직이면 스텝이 꼬이고, 몸에 집중하면 손가락이 꼬였다. 그뿐 아니라 심벌즈 소리를 제대로 내는 것마저도 쉽지 않았다. 핑거심벌즈를 제대로 치면 벨 소리처럼 '창창' 낭창하게 소리가 울리는데 초보자인 우리들은 냄비 두드리는 탁한 소리만 날 뿐이었다. 고심 끝에 우리는 핑거심벌즈 치는 연습부터 하기로 했다. 모두 동그랗게 앉아 눈을 감고 서로의 심벌즈 소리에 의지해 장단을 맞추었다.

'창 차라랑 창 차라랑'

한껏 집중하고 있을 때 핑거심벌즈 소리 사이로 장미의 목소리가 비집고 들어왔다.

"언니들! 좀 쉬다가 해요." (쩝쩝)

고소한 참기름 냄새에 우리는 연습을 멈추고 눈을 떴다. 입에 한가득 김밥을 물고 있는 장미가 눈에 들어왔다.

"어휴 쉬는 시간인데 김밥 좀 먹고 쉬어요. 다들 뭘 그렇게 열심히 해요?"

긴장감이 맴돌았던 분위기가 장미의 한 마디에 누그러졌다. 쭈리 언니도 심벌즈를 손가락에서 빼며 말했다.

"그래, 장미 말이 맞네. 우리도 좀 쉬자. 그리고 이거 잘하려면 어차피 시간이 걸려."

"맞아요. 이건 하루아침에 안 되죠."

나도 맞장구를 쳤다. 어차피 나만 못하는 것도 아니고 우리에겐 강사 자격증 시험까지 6개월의 시간이 있으니까. 나도 김밥을 한 입 먹고 자리에 앉았다. 핑거심벌즈 때문에 받은 스트레스가 좀 가시는 듯했다. 모두 부담감을 내려놓고 편히 쉴 때였다.

'창창창'

낭창하게 핑거심벌즈 소리가 울렸다. 정확한 장단에 완벽한 연주. 바로 장미였다. 볼이 터지게 김밥을 넣고 우물거리며 현란하게 손을 놀리고 있었다. 이까짓 것은 아무것도 아니라는 듯이 무심하게 움직이는 손에 우리는 눈을 떼지 못했다. 흥이 올랐는지 장미는 핑거심벌즈 안무까지 기가 막히게 추기 시작했다. 우리처럼 애쓰지 않아도 너무나 쉽게, 하지만 완벽하게 하는 장미. 그녀는 천재였다.

"누가 쟤 연습하는 거 본 사람?"

속삭이듯 쏘 언니가 말했다.

"없죠."

"결코, 없죠."

"쟤는 천재야. 뭘 배워도 쉽게 그냥 해버려."

쭈리 언니도 김빠진 표정이었다. 우리는 복잡한 마음으로 장미의 춤을 봤다. 약간의 질투와 부러움 그리고 허탈한 감정이었다. 한참 쳐다보다 송이가 입을 열었다.

"나는 강사가 되지 못할 것 같아. 난 장미 같은 재능이 없잖아."

같은 마음이었던 나도 말했다.

"나는 연습할 의욕이 떨어진다."

송이와 나는 직장생활이 힘들 때마다 강사 자격증을

따면 강사로 전향하자고 말하곤 했었는데 우리는 그날 이후로 그런 생각을 싹 접었다. 처음 배우는 거라도 그 자리에서 너무나 쉽게 완벽히 해내는 장미를 보고 우리는 재능이란 걸 무시할 수 없다고 느꼈기 때문이다.

"그래, 쉬긴 뭘 쉬냐. 우린 연습이나 하자."

송이의 등을 두드리며 일어섰다. 언니들도 힘없이 일어나 각자의 자리로 돌아갔다. 우리의 마음을 알 턱 없는 장미는 천진한 표정으로 춤을 이어갔다.

"언니들 좀 더 쉬지. 하여튼 언니들은 연습을 참 좋아해."

등 뒤에서 장미의 목소리가 들렸다. (얄미운 녀석)

그날 이후로 우리는 지독한 연습벌레가 되었다. 모두 약속이나 한 듯 무슨 일이 있어도 다음 시간까지 배운 걸 완성해 냈다. 그건 기적이었다. 그렇게 되기까지 얼마나 노력을 쏟는지 우리는 서로 잘 이해했다. 될 때까지 같은 동작을 수없이 연습한다는 걸. 배운 것을 그날 바로 해내는 장미가 있으니 일주일 동안 할 수 없다는 핑계를 댈 순 없었다. 우리의 기준은 김장미였다. 원장 선생님은 정말로 우리가 다 해내자 크게 기뻐했다. 아마 원장 선생님도 우리가 이 정도까지 해낼 줄은 기대하지도 않았을 것이다. 원장 선생님은 자신의 갈굼이 먹혔다며 틈만 나면 잔소리를 시도했으나 시간이 갈수록 그럴 기회조차 잃고 말았다. 알아서 지옥 훈련하는 우리에게 격려와 칭찬이 쏟아지고 우리는 학원 역사상 길이 남을 최강 기수가 되었다.

의도한 바는 아니지만 나는 지금도 어딜 가나 기초가 참 튼튼하다는 말을 듣곤 하니 동기 하나는 정말 잘 둔 셈이다.

이 글을 쓰면서 장미와 치열했던 자격증반 추억을 다시 꺼냈다.

"그때 우리 동기들 정말 연습 많이 했었지. 너 빼고."

"맞아요. 언니들은 참 유별나. 연습을 왜 그렇게 많이 했어요?"

"우리가 유, 유별나다고?"

놀랍게도 장미는 십수 년이 지난 지금까지도 우리가 왜 지옥 훈련했는지 그 내막을 모르고 있었다!

"뭐! 몰라서 물어?"

"네! 왜요?"

천진한 표정의 장미는 정말 모르는 눈치다. 혈압이

올랐다. 이 눈치 없는 것아! 나는 씩씩거리며 소리쳤다.

"야! 다 너 때문이라고. 너! 김장미! 네가 연습 안 해도 그 자리에서 다 해버리니까. 너 따라가느라 그랬지!"

"아. 정말요? 나 때문이었구나! 몰랐네. 나는 여태 언니들이 참 연습벌레들이라고 생각했었거든요." 장미는 호호 소리 내어 웃는다. 정작 천재 장미는 몰랐다니 약간 억울한 기분도 들었다. 아이고 장미야, 너 때문에 강사의 꿈을 접은 사람들도 있다고.

장미는 오늘도 참 해맑았다.

나다운 것을 선택하는 법

사람들은 우리 반 에이스 장미가 춤을 추는 모습을 보면 '이슬을 머금은 검붉은 장미'가 떠오른다고 말한다. 몸짓이 묘하게 관능적이면서 끈적거리는 분위기가 누구도 따라 할 수 없는 독특한 매력이 있다. 우리는 모두 그녀를 부러워했다. 나도 장미처럼 추고 싶었지만 장미에 비하면 나의 춤은 선이 가늘고 부드럽기만 했다.

어느 날, 내 춤에 대한 불만을 들은 장미가 말했다.

"그럼, 언니 춤 스타일을 바꿔 보면 어떨까요? 언니 춤은 좀 뭐랄까. '까르보나라' 같아요. 너무 부드럽기만 하지 않아요? 제가 강렬한 맛인 '붉닭 볶음면'으로 바꿔 줄게요!"

"정말이지? 야호!"

나는 환호성을 지르며 그녀의 특별 과외에 열성적으로 참여했다.

"언니는 오리엔탈 댄스하기엔 다리가 너무 기니까 무릎을 팍 구부려서 춤을 춰 봐요."

장미의 말대로 무릎을 최대한 구부렸더니 그전보다 훨씬 감각적으로 보였다.

"언니는 몸통이 너무 얇고 허리가 짧으니까 최대한 몸을 비틀어봐요."

얼마 동안 나는 장미의 특별 과외를 받으며 달라진 춤 선에 흡족해했다.

하지만 바뀐 춤 스타일은 좀 더 오리엔탈 댄스답게 보였지만 치명적인 문제가 발생했다. 몸에 맞지 않는 옷을 입은 듯 여기저기 통증이 생겨난 것이다. 특히 무릎과 허리가 아팠다. 장미는 처음이라 춤에 익숙해지는 과정일 거라며 계속 자신의 스타일을 고수하라고 독려했고 나도 그러려니 가볍게 생각했다. 조금만 더 참으면 장미처럼 '불닭 볶음면'이 될 거라 믿었다. 아니, '불닭 까르보나라'라도 되고 싶었다. 하지만 날이 갈수록 통증이 심해졌다.

고민이 쌓여가던 어느 날, 다른 오리엔탈 댄스 학원에서 하는 워크숍 광고를 봤다. 강사는 해부학 지식이 풍부해서 평소에도 통증 없이 춤출 수 있는 법에 대해 강의하기로 유명했다. 나는 광고를 보자마자 내게 필요한 수업이라고 생각했다. 저 강의라면 내 고민을 단박에 해결해 주리라. 곧바로 참가 신청을 했다.

"왜 무릎을 그렇게 구부리죠?"

워크숍 첫 시간에 선생님은 내 무릎을 지적했다.

"아, 좀 더 오리엔탈 댄스답게 추고 싶어서요."

민망해진 나는 기어들어 가는 목소리로 대답했다.

"그렇게 하면 무릎이 상해요! 무릎 대신 발목을 이용하세요."

선생님은 직접 시범을 보이며 발목을 어떻게 사용해야 하는지도 상세히 알려주었다. 신기하게도 선생님이 알려준 방법대로 춤을 추니 몸이 훨씬 수월하게 움직였다. 선생님은 동작에 따라 어떤 근육을 쓰는지, 근육을 강화할 수 있는 운동은 무엇인지 알려줬다.

선생님의 교정이 이어질수록 신기하게 몸의 통증이 줄어들었다. 나는 엉터리 과외로 이미 익숙해진 잘못된 동작들과 결별하기 위해 부단히 애썼다. 덕분에 통증을 완전히 떠나보낼 수 있었다.

얼마 전에 읽은 책 《우아함의 기술》에서 마고트 폰테인(Margot Fonteyn)의 이야기가 생각났다. 폰테인은 발레를 추기에는 발이 너무 뭉툭했고 허리와 척추는 유연하지 않았다고 한다. 그럼에도 그녀가 세계적인 발레리나가 될 수 있었던 것은 완벽하지 않은 신체를 개성으로 바꾸어 폰테인만의 스타일을 창조했기 때문이다.

나는 내 몸이 오리엔탈 댄스와 맞지 않는다는 생각을 버리기로 했다. 다른 사람을 무작정 따라 할 필요도 없다. 나도 발레리나 마고트 폰테인처럼 내 단점을 개성으로 여기고 갈고 닦아 볼 테다. 살면서 '좋아하는 것'과 '나다운 것' 사이에서 선택해야 한다면, 이제는 기꺼이 나다운 것을 선택하겠다. 좋아하는 걸 선택하는 것이 늘 좋은 것도 아니고 무엇보다 나다운 걸 선택했을 때 가장 편하고 자연스럽다는 걸 깨달았기 때문이다.

나비가 되었어

어느덧 강사 자격증 수업이 막바지에 이르렀다. 곧 있을 강사 자격증 시험을 앞두고 우리들은 분초를 다투며 준비했다. 모두 본업이 있던 터라 어떻게 하면 자투리 시간까지 연습할 수 있을지 아이디어를 나누곤 했다.

"회사에서 이동할 때 카멜(오리엔탈 댄스 동작. 낙타 걷는 모습에서 유래)하면서 걷는 거야. cctv 없는 곳에서만."

"와~ 좋은 생각인걸."

"나는 일하면서 틈틈이 마야(골반을 아래, 위로 내렸다 올리는 동작)를 해. 의자에 앉아서 할 수 있거든."

"나는 설거지 하면서 연습해."

나 역시 출퇴근 시간에 머릿속으로 안무를 복기하고 집에서도 턴(turn)을 돌았다. 주말에는 온종일 연습에 몰두했다. 다들 얼마나 연습했는지 발바닥이 갈라지고 찢어져 붕대를 감고 연습해야 했다.

시험 과목은 시범 수업과 실기였다. 시범 수업은 기본동작을 무작위로 몇 개 뽑아서 심사위원들 앞에서 수업을 시연한다. 나는 수많은 동작 중에 어떤 것이 나와도 막힘없이 설명할 수 있도록 대본을 만들고 틈나는 대로 달달 외웠다. 문제는 실기였다. 총 두 작품을 춰야 했다. 도구를 사용한 작품 3가지와 일반 작품 3가지 중 무작위로 뽑힌 작품 하나와 직접 창작한 작품 하나를 발표해야 했다. 특히 창작 안무는 표정 연기도 신경 써야 하고 의상과 화장까지 준비해야 하니 여간 정성이 들어가는 것이 아니었다.

시험 전날, 퇴근 후 집에 도착했을 때는 이미 10시가 훌쩍 넘었다. 컨디션 관리를 위해 얼른 잠자리에 들었지만 도통 잠이 오지 않았다. 그래서 계속 안무 순서를 기억하려 애썼다. 하지만 머릿속에서 안무는 자꾸 엉키고 시험을 망칠 것 같아 불안한 마음만 들었다. 이대로는 안 되겠다 싶어 벌떡 일어났다.

'한 번만 연습하고 자야지.'

불 꺼진 거실로 살금살금 나갔다. 가족 모두가 잠든 집은 고요하다 못해 적막했다. 이어폰을 끼고 베란다 유리를 거울삼아 스텝을 연습했다.

'원, 투, 쓰리, 업! 턴.'

이런, 자꾸 발이 꼬였다. 잦은 실수에 마음은 급해지고 짜증이 밀려왔다. 역시나 창작 안무가 발목을 잡았다. 내가 만들었는데 왜 이렇게 실수가 심한지. 지금 이렇게 틀리면 시험장에선 분명 실수투성이일 것이다. 나는 처음부터 꼼꼼하게 안무를 하나씩 되짚었다.

늦은 밤 가족들이 깰까 음악도 작게 틀고 까치발로 살금살금 스텝을 밟았다. 눈을 감고 머릿속으로 안무를 그리며 춤을 췄다. 고요하고 어두운 밤, 나는 오롯이 춤에 몰두했다. 머릿속을 꽉 채웠던 잡념과 고민이 사라지고 오직 음악과 나만 남았다. 마음은 풍선처럼 부풀어 올랐다.

'신난다!' 나도 모르게 감탄사가 절로 나왔다. 어릴 때 놀이터에서 친구들이랑 실컷 놀고 집에 돌아올 때 그 기분, '오늘도 참 즐거웠어'라고 속삭이며 잠들었던 어린 시절로 돌아간 기분이었다. 그 순간은 삶의 마지막이어도 좋을 만큼 행복하고 자유로웠다.

'딱 한 번만 더 하고 자자.'

이렇게 말해놓고는 추고 또 추고 계속해서 춤을 췄다. 정신을 차리고 보니 어느새 밖은 희끄무레하게 밝아 오고 있었다.

"어머, 지금 도대체 몇 시야?"

화들짝 놀라 시계를 보니 새벽 5시였다. 세상에, 얼마 안 된 것 같은데 밤을 꼴딱 새우다니! 간밤에 일이 꿈같이 느껴졌다. 아침 햇살이 거실 가득히 찍힌 내 발자국을 비췄다. 나는 앉아서 멍하니 발자국들을 봤다. 안무 동선에 따라 발자국은 '8'자 모양을 그리고 있었다. 얼핏 보면 커다란 날개를 펼친 나비 같았다. 밤새 춤을 춘 나비.

'와~ 일부로 찍어도 이렇게 못 찍겠다.'

선명하게 찍힌 발자국이 내가 얼마나 즐거웠는지, 행복했었는지 말해주는 것 같았다. 그제야 피식 웃음이 새어 나왔다.

'행복이란 게 별거 아니구나.'

바닥에 찍힌 발바닥 나비와 내 모습이 겹쳤다. 애벌

레가 고치를 찢고 나와 나비가 되듯이 나도 다시 태어난 기분이었다. 앞으로 행복의 조각들을 하나씩 찾아보리라. 그러면 나비가 되어 훨훨 날 수 있겠지. 힘차게 거실 바닥을 닦으며 중얼거렸다.

뚜껑을 열어봐야 안다

시험 날 아침, 나는 창작 안무 발표 때 입을 의상과 화장도구를 챙겨 집을 나섰다. 밤샘으로 몸은 피곤했어도 정신은 명료했다. 학원으로 가는 지하철 안에서 마지막 점검을 했다. 학원에 도착하니 동기들도 일찍 와서 분주하게 시험 준비를 하고 있었다. 외부에서 초빙한 심사위원들이 도착하자 분위기는 긴장감으로 엄숙해졌다.

시험 순서는 제비뽑기로 정했다. 나는 처음 순서만은 피하게 해달라고 두 손 모아 기도했다. (소심한 내 성격에 첫 순서가 되면 정말 기절할지도 모른다!) 다행히 나는 끝에서 두 번째 순서였다.

처음은 구두시험과 시범 수업이었다. 구두시험의 질

문은 예상과 크게 다르지 않아 거침없이 대답할 수 있었다. 곧 시범 수업이 이어졌다. 운 좋게도 평소에 자신 있는 동작들이 뽑혔다. 나는 안도의 한숨을 쉬고 어깨를 당당히 폈다. 설명은 막힘없었고 동작 시범도 깔끔했다. 심사위원들이 연신 고개를 끄덕이며 흡족한 표정을 지었다. 나는 더 신이 나서 발표를 이어갔다. 긴장감은 눈 녹듯이 사라졌고, 곧 이어질 실기 시험에도 자신감이 생겼다.

잠시 쉬는 동안 우리는 의상을 갈아입고 화장과 머리를 손질했다.

"어유, 어떡해. 나 실수 많이 한 것 같아."

쭈리 언니가 한숨을 쉬며 말했다.

"저도 대답 잘못한 것도 있는걸요. 다음 시험 잘 보면 되죠."

나는 언니를 위로했다. 하지만 한편으로는 입꼬리가 올라가려는 걸 간신히 참았다. 다음 실기 시험에서 큰 실수만 없으면 무사히 합격할 테니까. 그동안 그토록 연습했는데 설마 실수하진 않겠지?

두 번째 실기 시험이 시작됐다. 내 차례가 되고 나는 심사위원들 앞에서 시연할 작품을 뽑았다. 이럴 수가!

내 운은 초장에 다 썼던 모양이다. 제일 자신 없던 작품이 뽑히다니. 침을 꼴깍 삼키며 시험장 가운데로 나갔다. 자신감은 어디로 갔는지 심사위원들의 눈을 보는 순간 심장이 쿵 내려앉았다. 음악이 흐르자 순간 눈앞이 아득해지며 머릿속이 백지같이 하얗게 변했다.

"잠시만요! 죄송합니다. 다시 할게요."

심사위원들은 안타까운 표정으로 말했다.

"괜찮아요? 할 수 있겠어요?"

"네. 다시 하겠습니다."

나는 깊게 숨을 내쉬며 마음을 가다듬었다. '할 수 있다, 할 수 있다! 그래, 차라리 정신 줄을 놓자.' 밤에 연습한 것처럼 내면에 집중하고 무의식의 세계로 가자고 마음을 다독였다. 다시 음악이 흘렀다. 몸이 저절로 움직였다. 다행히 큰 실수는 없었지만 나는 벌벌 떨리는 몸으로 춤을 췄다. 어쨌든 무사히 첫 번째 안무를 마쳤고 곧이어 창작 작품을 발표했다. 덜덜 떨리는 손으로 물을 한 모금 마시고 염소 같은 떨리는 목소리로 작품 설명을 하는데 심사위원들 표정이 왠지 점점 더 심각해지는 것 같았다.

"정말 괜찮아요? 깊게 숨 한 번 쉬어보세요."

한 심사위원이 내게 말했다. 나는 크게 숨을 쉬고 '웃자! 웃어!' 억지로 힘껏 입꼬리를 올리고는 창작 안무를 시연했다. 하지만 심사위원들과 눈이 마주치자 얼굴 근육이 굳으며 내 눈은 다시 바닥으로 떨어졌다. 떨어진 시선은 춤이 끝날 때까지 올라가지 못했다. 다리는 후들거리는데 이놈의 턴은 왜 이리 많은지. 멋져 보이려고 안무 뒷부분을 턴으로 채운 내가 원망스러웠다.

춤이 끝나고 심사위원들의 심사평이 시작되었다.

"너무 긴장해서 보는 사람이 불안할 지경이었어요."

'아, 다 티가 났구나.'

나는 침을 꼴깍 삼키며 다음 평을 기다렸다.

"얼마나 떨던지 보기 딱했어요. 그래도 연습 많이 한 게 티가 났어요."

'휴.'

"노력 많이 한 건 칭찬하고 싶어요. 그래서 합격입니다."

다행히 심사위원들은 만장일치로 합격점을 줬다. 다른 동기들 모두 수월하게 합격해 그동안 고생한 보람을 느꼈다. 단 한 명만 빼고.

"김장미 씨는 불합격입니다."

에이스 장미가 떨어지다니! 뜻밖의 결과에 여기저기서 웅성거렸다.

"도대체 장미가 왜 떨어진 거지?"

"그러게. 장미야, 실수라도 했니?"

불합격 소식에 장미의 얼굴은 급격히 어두워졌다.

"아니요. 큰 실수는 없었어요. 음, 구두시험이랑 시범 수업에서 심사위원들 표정이 안 좋긴 했었는데."

그때 원장 선생님이 날카로운 눈빛으로 장미를 쳐다보며 강하게 말했다.

"김장미 씨! 영원한 천재가 있는 거 같아요?"

갑작스러운 질문에 장미는 영문을 모르겠다는 듯 눈만 깜박였다. 우리 동기들도 냉랭한 분위기에 숨을 멈추고 장미와 원장 선생님을 번갈아 쳐다봤다. 나뿐 아니라 동기들은 원장님의 말이 어떤 의미인지 바로 알아차렸다. 장미는 늘 성실하게 수업을 참가하긴 했으나 타고난 재능 때문에 다른 동기들처럼 시간을 쪼개 연습에 몰두하진 않았던 걸 원장 선생님은 내심 못마땅해했다. 그렇다고 늘 잘하는 그녀를 무작정 혼낼 수 없으니 이참에 충격요법으로 '불합격'을 단독으로 안겨준 것이다. 장미는 말없이 시무룩한 표정으로 집으로 돌아갔고 우리는 공개적으로 혼난 장미를 걱정했다. 그런데 웬걸 장미는 아무런 타격이 없는 듯 다음 날부터 발랄한 모습으로 재시험을 준비했고, 나는 장미의 의연한 모습에 '역시 장미는 대인배'라며 감동했다.

장미는 재시험 준비를 예전보다 정성껏 했고 결국 합격했지만, 그녀는 그 후로 지금까지도 결코 연습벌레는 되지 못했다.

얼마 전 장미에게 그때 일을 물었다. 장미는 그 당시 원장 선생님이 자신에게 한 말을 똑똑히 기억하고 있었다.

"전 아직도 원장 선생님이 왜 그런 말을 했는지 모르겠어요. 영원한 천재는 당연히 없죠. 그런데 그걸 왜 나한테 말했을까요?"

"너만 연습을 안 하니까. 그걸 꼬집은 거야."

"아! 그게 그런 뜻이었어요?"

그녀는 동그란 눈을 더 동그랗게 떴다.

"설마 시험에서 혼자 떨어진 이유를 진짜 몰랐던 거야?"

"그냥 내가 못 했으니까 그런가 보다 했죠."

"그럼, 그날은 왜 그렇게 시무룩했어?"

"아! 그 지겨운 시험 준비를 처음부터 다시 할 생각하니 우울해서였죠."

그런 줄도 모르고 우리는 장미가 마음 상했을까 얼마나 걱정했는지. 그럼에도 씩씩했던 그녀를 보고 감동했었는데. 자초지종을 들은 장미는 특유의 밝은 목소리로 말했다.

"이제야 선생님의 의도를 이해했어요. 전 항상 왜 저더러 천재 운운했는지 궁금했었거든요. 호호."

"그래, 나는 그런 줄도 모르고 네가 참 대인배라고 생각했지."

"악! 언니 오해예요. 혼난 건 줄도 모르고 그냥 아무 생각 없었던 거라고요."

진실을 알게 된 장미가 와락 웃자 나도 피식 따라 웃고 말았다. 오늘도 장미는 해맑았다.

춤은 지문이다

자격증을 취득하고 나서부터 춤은 더 이상 취미 생활이 아니었다. 나는 동기 송이와 장미와 함께 공연단 객원 멤버로 활동했다. 그리고 얼마 뒤 송이와 나는 정식으로 공연단에 입단했다. 오리엔탈 댄스가 행사장에서 인기가 높아져 갈 때라 연달아 공연이 잡혔고, 우리는 주말에도 공연 연습으로 쉴 틈이 없을 지경이었다. 행사 무대는 화려한 군무가 인기였다. 군무는 구성원과 호흡이 제일 중요했기에 원장 선생님은 각자의 개성은 접어두고 손 위치와 시선까지 맞추며 연습할 것을 주문했다.

나는 집단이나 단체 생활을 좋아하지 않는 편이다. 그래서 그런지 처음 군무를 하게 되었을 때 영 달갑지만은 않았다. '나'를 지우고 '우리'가 된다는 건 어쩐지 고압적이던 학창 시절을 떠오르게 했다. 내가 어릴 때는 학생 통제를 목적으로 처벌이 일상이었고, 집단의 목적이 개인의 욕구와 개성에 앞서던 시대였다. '시간아~ 빨리 흘러라.' 자유를 찾아 졸업할 날만을 기다렸던 그 시절.

"에잇! 짜증 나!"

하루는 친구가 발을 구르며 교실로 들어와 자리에 털썩 앉았다.

"무슨 일이야?"

반 친구는 대답은 하지 않고 굵은 눈물방울만 떨궜다. 순간, 친구의 잘린 머리카락이 보였다. 방학 동안 염색했던 머리카락이 잘린 게 분명했다. 청소년기는 한창 외모에 신경 쓰고 자신을 표현하고 싶은 나이가 아닌가. 그것은 지극히 자연스러운 발달 과정이며 욕구였지만 그 시절에는 반항과 탈선으로 비추어질 뿐이었다. 학교는 우리를 '조직의 일원'이 되길 강요했다. 그 안에

'나'는 없었다. 똑같은 머리모양, 똑같은 옷, 비슷한 신발을 신고 튀는 행동은 용납되지 않았다. (나의 모교는 교복을 입지 않았다.)

나는 그런 학교가 감옥같이 답답했지만 무조건 규칙에 복종했고 시키는 대로 행동했다. 치밀어 오르는 감정을 누르고 겉으로는 모범생인 척 시간이 어서 가길 기다렸다. 돌이켜 보면 머리를 염색했던 그 친구는 자신의 욕구에 충실했던 용감한 아이였는지 모른다.

사회생활을 하면서도 나는 '모난 돌이 정 맞는다'라는 말을 가슴에 품고 살았다. '우리'란 집단의식 속에 나를 감추고, 조직 생활에 특화된 인재인 척 연기하느라 고군분투했다. 어느덧 이런 내 모습이 익숙해져 진짜 내가 누군지 잊을 지경이었다. 서른이 넘었지만 '나는 누구일까?', '내가 좋아하는 건 무엇일까?'란 질문이 내 마음속에서 출렁거렸고 춤을 배우면서 차츰 내가 누구이고 어떤 사람인지 하나씩 발견해 나가고 있었다.

군무를 처음 연습할 때 오합지졸 같던 우리는 연습을 거듭할수록 점점 한 덩어리처럼 움직였다. 서로 눈빛만 봐도 척척 동작과 동선을 맞출 수 있었다. 그 비결은 관찰에 있었다. 내가 춤을 추면서 동시에 동료들의 춤에도 집중해야 하니 저절로 다른 사람들의 움직임을 자세히 볼 수밖에 없었다.

달갑지 않던 군무를 연습하면서 나는 재밌는 사실을 발견했다. 여러 명이 함께 칼군무를 추면서도 각자 개성을 지울 순 없단 것이다. 같은 동작이라 해도 사람마다 풍기는 분위기와 특유의 개성은 아무리 애써도 감출 수 없었다. 마치 지문처럼. 지문은 비슷해 보이지만 결코 같을 수 없지 않은가. 한 몸처럼 춤을 추지만 진짜 한 사람이 될 수 없듯이. 아무리 집단을 강조해도 '나'라는 개인은 없앨 수 없었다.

아이러니하게도 달갑지 않던 군무를 추면서 나는 각자의 리듬과 몸짓을 봤다. 집단 속에서 눈치를 보며 자신을 누르고 살았던 나는 그제야 가슴이 뻥 뚫리는 듯했다. 그냥 자신으로 있어도 된다는 걸 춤은 내게 가르쳐 주었다. 나는 차츰 군무를 좋아하게 되었다. 잘 맞지 않던 우리가 딱 맞아서 떨어질 때면 그렇게 뿌듯하고 짜릿하기까지 했다. 서로 눈빛을 주고받으며 함께 하나의 춤을 개성 있게 춘다는 게 얼마나 즐거운지 왜 몰랐을까?

나만의 리듬으로

장미는 나를 보며 '대기만성형'이라고 불렀다. 나도 그 말에 전적으로 동의한다. 나는 '재능형'이라기보다는 노력으로 천천히 실력을 쌓는 사람이라고 생각한다. 한번은 나와 비슷한 경력을 가진 사람들이 참가하는 오리엔탈 댄스 워크숍에 갔는데 그곳에서 뜻밖에도 사람들의 칭찬 세례를 받았다.

"저보다 빨리 배우시네요."

'나는 분명 배움이 느린 사람인데 여기서는 왜 빠르다고 할까?'

사람들이 나의 습득력을 칭찬할 때마다 나는 몸 둘

바를 몰랐다. 나는 워크숍이 끝날 때까지 참가한 다른 사람들을 찬찬히 살펴보았다. 어떤 사람은 빠르게 습득했고 어떤 사람은 느렸다. 연습한 만큼 결과가 좋은 사람도 있지만 똑같이 연습해도 따라가지 못하는 사람도 있었다. 나는 그제야 알았다. 기준을 어디에 두느냐에 따라 평가가 달라질 수 있다는 것을. '빠르다, 느리다'의 기준은 상대적일 뿐이었다. 그렇게 보니 객관적이라 여긴 평가도 사실은 객관적이지 않을 수 있던 거였다.

비단 춤뿐만 아니라 살면서 겪었던 인생의 무수한 평가들 역시 '완벽하게 객관적' 일리는 없다.

아마도 우리는 자신조차 객관적으로 평가하지 못할 것이다. 그저 사람들 속에서 내 자리가 어디쯤인지 점수를 매기며 살아왔을 뿐이다. 운이 좋게도 주변 사람보다 내가 잘하면 뛰어난 줄 알고, 잘난 사람들 틈에 있으면 모자란 줄 알았을 것이다.

'이 정도면 순전히 복불복 아닌가?'

돌이켜 보면 나는 늘 평가에 예민했다. 직장에서는 인사고과에 한 번도 만족한 적이 없었고(아마 직장인들 대부분이 공감할 것이다.) 회사는 공정하게 평가한다고 믿지 않았다. 객관적인 능력보단 윗사람의 의중에 따라 결정된다는 생각에 억울했던 적이 한두 번이 아니다. 춤도 마찬가지였다. 늘 배움이 빠른 장미랑 비교하며 자신감을 잃었다.

사실 글쓰기도 그렇다. 이미 책을 여러 권 낸 블로그 이웃들과 비교하며 '아이고, 남들은 몇 시간이면 글을 한 편씩 쓴다는데 나는 너무 느린 것 아닌가? 이 정도면 소질 없는 거지?' 나도 모르게 습관처럼 하소연했다.

우리 인간은 끊임없이 타인과 비교하며 자신의 위치를 가늠하는 본능이 있다고 한다. 과거에는 그것이 생존에 유리했을지 모르지만 요즘 세상에서는 어쩌면 자신을 '있는 그대로' 받아들이기 어렵게 만드는 잣대가 될지도 모른다. 그날 워크숍에서의 경험 이후로 나는 스스로 얼마나 많은 평가를 부여했는지 하나씩 곱씹어봤다. 그리고 '평가 대신 관찰하자'라고 마음먹었다. 평가에 면밀하게 반응하는 습관은 단박에 없어지지 않았지만 조금씩 다른 사람이 하는 평가에 예전처럼 크게 의미를 두지 않게 되었다(그래도 누군가가 나를 평가하는 댓글을 달면 심장이 쿵 내려앉긴 한다). 그리고 남을 평가하는 것도 이제는 그만두기로 했다. 내 기준이 절대적일 수 없는데 누굴 평가하겠는가. 우리는 그저 자신만의 리듬으로 살아가면 그만이다. 춤도 삶도.

수상한 그녀

망고 언니와 처음 만난 건 중급 안무 시간이었다. 언니는 눈에 띄는 사람이 아니었다. 늘 구석 자리에 서서 조용히 수업을 들었고 매번 무릎이 튀어나온 검은색 레깅스에 낡아 보풀이 덕지덕지한 티셔츠를 입었다. 알록달록 화려한 연습복을 갖춰 입은 사람들 사이에서 무심하게 걸친 그녀의 복장이 오히려 내 시선을 끌었다. 나는 호감이 있긴 했지만 먼저 다가갈 만큼 주변머리가 있지 못했다. 일 년이 다 되도록 눈인사만 나누던 어느 날, 망고 언니가 먼저 말을 걸어왔다.

"좀 전에 배운 안무 순서 좀 가르쳐 줄래요?"

"그럼요!"

이 일을 계기로 우린 금세 친해질 수 있었다. 망고 언니는 종종 수업 중에 춤추다가 멈춰 우뚝 서 있곤 했는데 그 이유가 늘 궁금했다.

"언니 왜 중간에 춤을 멈추고 자꾸 서 있어요?"

내 질문에 언니는 무척 쑥스러워하며 말했다.

"사실은 자신도 없고 잘 못할 것 같아서. 그러면 그냥 하지 않는 편이 낫지 않을까 해서."

언니는 "난 잘 못 춰"라는 말을 덧붙였다. 그 뒤로도 자신은 몸치란 말을 달고 다녔다. 그때마다 나는 언니의 자신감 없는 태도가 안타까웠다.

그런데 망고 언니를 알면 알수록 의외의 모습을 발견할 수 있었다. 한번은 유명 오리엔탈 댄스 선생님을 궁금해하는 회원에게 언니가 말했다.

"나 그분 알아. 배운 적 있어."

알고 보니 망고 언니는 이 바닥에 모르는 선생님이 없었다. 심지어 친분까지 있다는 말에 다들 깜짝 놀랐다. 그뿐만 아니다. 망고 언니는 오리엔탈 댄스 음악과 역사에 대해서도 모르는 것이 없었다.

"이거 샤마단이야. 원래 머리 위에 촛대 올리고 추기

도 해."

어떤 음악이 흘러나와도 언니는 거침없이 설명했다. 어느새 나는 오리엔탈 댄스에 대해 궁금하면 언니를 찾았고, 유명 선생님들의 워크숍 일정과 공연도 망고 언니를 통해 정보를 얻는 경우가 많았다. 그런데 이상하게도 언니는 열정에 비해 수업 시간에는 늘 소극적이었다.

"언니는 더 잘하고 싶은 욕심 없어요? 연습을 조금 더 적극적으로 하면 실력이 늘 텐데요."

궁금해진 내가 조심스레 물어봤다.

"연습하면 힘들잖아. 난 힘들고 지루한 건 못해. 재미없어서."

언니의 소신 있는 대답에 나도 모르게 고개를 끄덕였다. 그런데 참 이상했다. 분명 연습은 힘들고, 힘든 건 재미없다던 그녀가 대회를 나간 적이 있다는 거였다. 심지어 수상까지 했다는 말에 나는 놀라지 않을 수 없었다. 수업 시간에는 소극적인 언니가 무대에서 춤을 추고 상까지 받았다니. 그쯤 되니 이 언니의 정체가 너무 수상해 보였다. 오리엔탈 댄스 교수님이라고 불러도 될 만큼 지식과 업계 동향, 정보까지. 일반 회원이라고 하기에는 아는 것이 너무 많았다. 수업 시간에는 자신 없어 하지만 대회를 자꾸 나간다고? 뭔가 이상하잖아?

어느 날 나는 참지 못하고 망고 언니에게 물었다.

"언니 스파이지? 실력을 숨기고 유명 학원에 잠입해 비법을 빼내는 스파이 말이야."

내 말에 그녀가 웃음을 터트렸다.

"언니 매번 입는 그 검정색 낡은 레깅스랑 티는 위장술 아니에요?"

"위장술? 하하. 내가 봐도 내가 수상하긴 해. 그래, 진짜 스파이라고 하지 뭐."

누가 뭐래도 망고 언니는 딱 자기가 원하는 만큼 즐길 줄 알았다. 나는 망고 언니의 그런 모습이 좋았다. 자신을 잘 알고 있는 사람만이 할 수 있는 거니까. 문득 욕심에 눈이 멀어 스스로 혹사시켰던 나의 예전 모습이 떠올랐다. 이젠 나도 그녀처럼 내가 할 수 있는 만큼, 나만의 방식으로 춤을 즐기려고 한다.

이 글을 쓰고 있는 지금, 인스타에 새로 올라온 망고 언니 피드를 봤다. '이 언니, 진짜 못 말린다.' 사진 속 그녀는 상장을 들고 환하게 웃고 있다.

'첫 번째 도장 깨기 완료. 두 번째는 다음 주.'
소리 소문 없이 대회 도장 깨기 중인 그녀.

"망고 언니, 솔직히 말해봐요. 스파이 맞죠?"

좋아하는 일이 직업이 된다면

나는 직장생활이 힘들 때마다 "이 일은 내 천직이 아니라서 그래"라는 말을 입에 달고 살았다. 그러곤 언젠가 내게 꼭 맞는 천직을 찾을 거라고 호언장담하곤 했다. 오리엔탈 댄스에 한창 심취했을 때 나는 이것이야말로 그토록 찾고 싶었던 내 천직이 아닐까 기대했다.

어느 날, 나는 진지한 얼굴로 한 선배에게 속마음을 털어놓았다.

"선배, 저 오리엔탈 댄스 강사로 직업을 바꾸고 싶어요."

'그럴 줄 알았어'라는 표정으로 선배가 입을 열었다.

"취미랑 직업은 완전히 달라!"

"좋아하는 일로 밥벌이를 할 수 있잖아요."

불쑥 반감이 들어 대꾸했다.

"취미를 직업으로 삼으면 괴로워져. 직업은 생계유지 수단일 뿐이야. 마음을 담아서 하는 일은 아니니까."
그러면서 취미를 직업으로 삼은 사람들은 하나같이 후회한다는 말까지 덧붙였다.

그래도 미련이 철철 넘치는 내 모습에 선배는 한심하다는 듯이 쳐다보며

"그럼, 투잡은 어때?"

그 말에 내 눈이 반짝였다.

'그래, 직장을 관두지 말고 투잡을 하자.'

때마침 오리엔탈 댄스 초급 임시 강사 공고가 났고 거짓말처럼 꿈에 그리던 강사라는 직업을 갖게 되었다. 비록 한 달짜리 임시 강사지만 간절히 원하던 일이라 수업 준비하는 일조차 마냥 즐겁게만 느껴졌다. 어떻게 하면 재미있게 수업할지 고민하고 연구했다. 내가 맡은 반 수강생들이 대부분 내 또래 직장인이란걸 알고 K-pop 댄스 동작을 가미한 오리엔탈 댄스 안무를 만들었다.

첫 수업을 위해 학원으로 향하던 그때가 지금까지도

또렷하게 떠오른다. 얼마나 설레던지. 내가 좋아하는 일을 직업으로 삼을 수 있다니 얼마나 행복할까.

그런데 강의실에 들어서서 수강생들 얼굴을 보자 긴장과 압박감이 몰려왔다. 그렇다! 이곳은 더 이상 놀이터가 아니라 직장이다!

"오, 오늘부터 수업을 맡게… 되었어요."

목소리가 심하게 떨렸고 어깨 근육도 뻐근해졌다. 긴장한 티를 내지 않으며 준비한 손담비의 <QUEEN>을 틀었다. 신나는 가요에 회원들은 흥미를 보였다. 원곡의 포인트 안무를 그대로 살려 만든 안무를 회원들은 좋아했고 열성적으로 수업에 참여했다. 하지만 나는 얼마나 긴장했는지 수업을 마쳤을 때 진이 쏙 빠져있었다. 집으로 돌아오는 길, 왠지 모를 허무함이 밀려왔다.

'이 기분 낯설지 않아. 분명 자주 느껴본 기분인데. 아! 맞다! 매일 밤 직장에서 퇴근하며 느끼는 감정과 똑같이 닮았다.' 좋아하는 일을 직업으로 삼으면 다를 줄 알았는데 선배의 조언대로 직업이 되는 순간 힘든 건 매한가지였다. 하지만 나는 부정하고 싶었다. 좋아하는 일은 절대 직장과 같을 리 없다고. 그저 처음이라 그런 거겠지. 익숙해지면 즐기게 될 거야.

그러나 그다음 수업도, 그다음도 수업하러 가는 발걸음은 출근할 때와 같았고, 퇴근할 때 느끼는 공허함도 사라지지 않았다. 좋아하는 일이라고 해도 직업인으로 받는 스트레스는 상당했고, 직업의 영역에서는 힘든 건 매한가지였다.

'천직은 개뿔'

한 달간의 댄스 강사 경험으로 나는 천직에 대한 환상과 미련을 버렸다.

마지막 수업 날, <QUEEN> 한 곡 진도를 완전히 끝냈다. 수강생들이 작품을 워낙 마음에 들어 해서 수업이 끝나기도 전에 모두 안무를 외웠다.

'Walk up Walk up Walk Walk up'

다들 너무 신나서 흥이 올랐다. 내친김에 천장에 달린 특수 조명까지 켰더니 수강생들의 분위기는 더 후끈 달아올랐다. 수업 시간이 끝났는데도 사람들은 집에 가지 않았다.

"선생님, 안무 10분만 더해요!"

수강생들이 아쉬워하며 졸라대는 통에 나도 마음이

약해져 몇 번이나 '다시' 흔들었다. 수강생들의 호응은 내 마음에 위안이 되지만 나는 미련 없이 강사 생활을 접었다.

이 일로 인해 지친 일상에 오아시스 같았던 오리엔탈 댄스가 더 이상 기쁨으로 내게 다가오지 않았다. 취미는 취미일 뿐 직업 삼지 말라던 선배의 조언이 그제야 마음 깊숙이 들어왔다.

취미가 즐거운 것은 순수한 열정으로 깊게 몰입할 수 있어서가 아닐까. 결과가 어떻든지 즐기며 자유로울 수가 있었다. 누군가를 만족시킬 필요 없이 나만 좋으면 되었다. 그러나 직업은 완전 반대였다. 나보다는 타인의 만족이 우선시 되고, 그것이 수익과 직결되니 순수한 열정만으로는 몰입할 수 없었다. 취미는 취미일 때 충분한 기쁨을 주는 것이 아닐까. 그래서 나는 이 값진 경험을 통해 취미는 그냥 취미로 남겨두려 한다. 현실을 피해 쉴 수 있는 오아시스 하나쯤은 갖고 있어야 힘내서 고된 삶을 견딜 수 있으니까.

쉼이 필요해

살다 보면 내가 저질러 놓은 일인데도 버거워 휘청거
릴 때가 있다. 욕심이 늘 문제였다. 입구 좁은 주머니 속
먹이를 놓아버리지 못해 사냥꾼에게 잡히는 원숭이처
럼 나는 늘 욕심을 움켜쥐고 버티다 장렬히 전사하고
말았다. 세상 사람들은 작은 먹이로 큰 걸 잃는 원숭이
가 어리석다고 하겠지만 비슷한 실수를 자주 하는 나는
원숭이 마음이 충분히 이해된다. 왜 먹이 쥔 손을 펴고
달아나지 못했는지.

취미로 시작한 춤이 언제부터인가 제2의 직업처럼
되었다. 평일에는 본업에다가 주말이면 공연단 정규연

습과 공연 연습의 강행군으로 슬슬 지쳐갔다. 이제 좀 쉬려고 하던 차에 원장 선생님이 거절할 수 없는 달콤한 제안을 했다. 이번 정기 공연에서 메인 댄서로 무대에 설 기회를 주겠다는 것이다. 비록 한 곡이지만 우리 같은 신입 단원에게는 좀처럼 드문 기회였다. 나와 같은 제안을 받은 동기 송이가 애매한 얼굴로 물었다.

"이거 좋은 기회인 거죠?"

"당연하지."

"회사 일도 많은데 버텨낼 수 있을까요?"

"나도 걱정이긴 해. 그래도 어떻게든 해봐야지!"

욕심에 눈이 먼 내가 송이를 설득했고, 우리의 무모한 도전이 시작되었다.

빡빡한 일정을 소화하기 위해 우리는 주말도 몽땅 춤 연습에 바쳐야 했다. 아침부터 저녁까지 연습에 매진했건만 선배들과의 실력 차이는 넘을 수 없는 산처럼 느껴졌다. 시간이 지날수록 메인 댄서로 세워준 원장 선생님을 볼 면목이 없어졌다.

'이 정도는 안 되겠어. 더 연습해야겠어.'

송이와 나는 공식적인 연습 후에도 개별 연습을 따로

이어갔다. 평일에도 퇴근 후 곧장 학원으로 가 함께 연습했다. 연습은 자정이 다 돼서 끝나곤 했다. 열심히 하는 막내 단원으로 친근감을 보이던 선배들은 우리가 메인 댄서로 곡을 맡자 '실력도 없는 애송이가 감히'라며 대놓고 견제하니 더욱 농땡이를 부릴 수 없었다. 그 결과 실력은 일취월장했다. 그러나 기쁨도 잠시, 부담은 더 커지고 공연단 내 경쟁도 치열해져서 몸과 마음은 지쳐갔다.

그날도 변함없이 우린 연습실에서 쉬지 않고 움직였다. 허기진 배는 편의점 삼각김밥으로 대충 때우고 자정이 넘도록 연습하다가 자리에 털썩 주저앉았다. 문득 고개를 돌려 송이의 얼굴을 본 나는 말문이 턱 막히고 말았다. 형용할 수 없는 서러움이 한꺼번에 훅 몰려와 온몸에서 힘이 빠져나가는 것 같았다. 움푹 팬 뺨이며, 충혈된 눈, 푸석해진 얼굴. 그건 송이의 얼굴이자 내 얼굴이었다.

"우리 왜 이러고 사는 거지?"

"그러게 언니. 괜히 욕심냈나 후회하고 있어."

"나도 마찬가지야."

맞장구를 친 순간 내 눈에서 눈물이 툭 털어졌다.

"난 매일 밤 악몽을 꾸고 있어."

"나도 무대에서 실수하는 꿈을 꿔. 근데 이제 와 관둘 수도 없잖아."

우린 아무 말 없이 한참을 앉아있었다. 그러다 마음을 추스르고 울며 겨자 먹기로 연습을 이어갔다. 그런 생활을 한 지 반년이 지난 어느 날, 직장 동료가 내게 진지하게 물었다.

"지영씨는 취미를 왜 본업처럼 해요?"

"네?"

나는 비밀을 들킨 사람처럼 놀랐다.

"춤을 즐기기는커녕 건강을 해칠 정도로 무리하고 있잖아요. 직업을 바꿀 것도 아니면 적당히 하는 것이 좋지 않을까요?"

"그, 그렇죠."

나는 그제야 미련한 내 모습을 직시했다. 발바닥은 다 벗겨지고, 무릎과 다리는 멍과 상처로 뒤덮여 있었다. 나는 그동안 좋아하는 일은 과해도 지치지 않을 것이란 환상을 갖고 있었다. 그래서 '쉼'을 무시했는지 모른다. 내 몸을 아끼며 즐기기보단 소모품처럼 함부로 다루었다는 생각에 죄책감마저 들었다.

생각해 보면 내가 살아온 방식이 늘 그랬다. 무언가 몰두하면 그것만 보며 달리면서 멈추지 못했다. 그날 이후로 나를 소모품처럼 쓰지 않겠다고 다짐했다. 아무리 하고 싶은 일을 한다 해도 내 몸과 마음을 잘 보살피고 꼭 '쉼'을 지키리라 일기장에 꼭꼭 적어 내려갔다.

솔직히 나는 그 뒤에도 같은 실수를 여러 번 반복했다. 모두 다 욕심 때문이었다. 놓아버려도 되는 작은 먹이를 움켜쥔 원숭이처럼 나도 내 욕심에 걸려 넘어지곤 했다. 지금도 이 글을 쓰면서 뜨끔 하는 걸 보니 지금도 뭔가를 움켜쥐고 있는 건 아닌지 삶을 점검해 봐야 할 때인가 보다. 혹시 날 막 쓰고 있는 건 아닌지, '쉼'이 필요한지 말이다.

춤 시식 프로젝트

드디어 정기 공연이 막을 내렸다. 나는 마지막 곡을 출 때 감정이 북받쳐 올라 눈물을 참느라 얼마나 힘들었는지 모른다. 주말과 평일 모두 반납하고 밤낮으로 연습한 무대였다. 그런데 뿌듯할 줄 알았는데 허무했다. '이게 뭐라고.' 이렇게 힘들게 살았을까. 강사 자격증 코스부터 공연단 활동까지 일 년을 넘게 달리는 경주마처럼 오리엔탈 댄스만 보고 달려온 나는 너무 지쳐 있었다. 오리엔탈 댄스에 대한 열정도 연기처럼 사그라들었다.

"애들아, 이제 오리엔탈 댄스는 지겨워!"

함께 공연단에 입단한 송이와 장미에게 속마음을 털

어났다.

"언니, 사실 나도 그래. 음악도 듣고 싶지 않을 정도야."

"저도 좀 쉬려고요. 도저히 이렇게는 못 살겠어요."

그들도 나만큼 지친 게 분명했다.

"이쯤에서 그만둬야겠지?"

내 목소리가 한없이 가라앉았다. 고민 끝에 나는 원장 선생님께 공연단에 그만 나오겠다고 말했다. 원장 선생님은 큰 공연 뒤에는 누구나 슬럼프가 온다며 그동안 노력한 것도 아깝고 이제 막 실력이 오르던 참인데 그만두는 건 섣부른 판단이라며 나의 결정을 만류했다. 하지만 나는 단호했다. 나의 한계를 이미 경험했기 때문이었다. 그리고 이제는 일상으로 돌아가고 싶었다.

그렇게 공연단도, 오리엔탈 댄스도 그만두었다. 속이 시원했다. 회사 끝나면 서점에 들러 책도 고르고, 그동안 만나지 못했던 친구들도 만났다. 주말이면 여유롭게 낮잠을 즐기고 가족들과 외식도 했다. 얼마만의 여유인지. 꿀 같은 휴식이었다. 그만둘 때는 그동안 들인 공이 아깝단 생각이 들었지만 최선을 다해본 터라 미련과 후회는 남지 않았다. 나는 이번 일로 아무리 좋아하는 일이라도 휴식 없이는 절대 오래 버티지 못한다는 것을, 생활에도 리듬이 있어서 빨리 달릴 때와 느리게 쉴 때도 있어야 한다는 것을 처절하게 깨달았다.

댄스 학원에 발길을 끊은 지 3개월이 지나자 차츰 무료해지기 시작했다. 그리고 슬그머니 공허한 마음이 솟았다. 열정을 쏟던 대상이 사라지니 허전하고 삶 자체가 공허해지는 것 같았다. 열렬하게 사랑하다가 이별하고 난 후 심정이랄까. 상실감이 들었다. 치열했던 지난 시간을 반추하며 내가 미련했다고 자책하기도 했다. 적당히 했었으면 좋았을걸. 난 왜 이렇게 브레이크를 쓸 줄 모를까. 반성하는 마음으로 몇 달이 또 지났고, 차츰 상실감은 옅어지는 대신 다시 춤이 그리워지기 시작했다. 리듬에 맡겨졌던 몸은 숙명처럼 춤으로 돌아가는가는 것일까?

하지만 다시 오리엔탈 댄스로 돌아가는 건 망설여졌다. 다시는 경주마처럼 달리고 싶지 않았다. 춤을 가볍게 즐길 방법은 없을까? 마트에서 시식하는 것처럼.

'어? 그래. 시식하러 다니자!'

하나의 춤을 깊게 배우지 말고 다양한 춤을 짧게 맛

보러 다니자. 오리엔탈 댄스 배울 때처럼 죽기 살기로 달려들지 말고 가볍게 배우기! 내게 꼭 필요한 자세인 것 같았다. 한 달은 너무 짧고 두세 달씩 맛보기로 다양한 춤을 배워보기로 했다.

이름하여, '춤 시식 프로젝트!'

첫 번째 나의 선택은 바로 '재즈댄스'였다. 이유는 별거 없었다. 집에서 가까운 문화센터에서 배울 수 있고 퇴근 시간이랑도 맞았다. 재즈댄스 선생님은 열정 넘치는 남자분이었다. 남자 선생님께 춤을 배우는 것도 신선하고 처음 춰 보는 재즈댄스도 신기했다. 그동안 오리엔탈 댄스를 배웠으니 새로운 춤이라도 금방 따라할 줄 알았는데 웬걸 몸을 쓰는 방법이 완전히 달랐다.

첫날 배운 동작은 웨이브였다.

"자, 처음 오신 분들 잘 보세요. 이렇게~ 꿀렁꿀렁 쉽죠? 꿀렁! 시~작!"

선생님은 나긋나긋하게 '꿀렁'을 구호처럼 외치자 오래된 수강생들은 익숙하게 몸을 꿀렁거리기 시작했다.

"꿀렁! 꿀렁! 꿀렁!"

'오, 저건 오리엔탈 댄스에 벨리롤과 비슷한걸. 그거라면 자신 있지!' 나는 의기양양한 표정으로 몸을 꿀렁거리기 시작했다. 그런데 나의 웨이브는 그들과 묘하게 달랐다. 다른 사람들의 웨이브는 머리부터 발까지 몸으로 선을 그리는 듯 움직이는데 나의 웨이브는 근육을 수축하면서 만들어 내는 곡선이라 재즈댄스의 분위기와 달라 이질적으로 보였다. 나는 오리엔탈 댄스의 습관을 버리려고 애를 썼지만 번번이 실패하고 말았다. 나의 재즈댄스는 이도 저도 아닌 잡탕인 느낌이었다. '춤마다 몸을 쓰는 방법이 다르구나!' 나는 새로운 춤에 적응하느라 쩔쩔맸다. 몇 달을 배웠지만 좀처럼 재즈댄스의 몸동작은 적응이 되지 않았고, 나는 다음 시식할 춤을 물색했다.

　문화센터 춤 수업에서 가장 인기 있었던 것은 K-pop 댄스였다. 주로 여자 아이돌 안무를 쉽게 만들어 가르쳤는데 인기가 많아서 신청하기 어려울 정도였다. 재즈댄스 수업이 끝나갈 무렵 운 좋게도 나는 K-pop댄스 수업에 등록할 수 있었다. 신나는 최신곡에 맞춰 K-pop 댄스라니. 회사에서 쌓인 스트레스를 날려버리기에 충분했다. 수강생들은 나와 비슷한 또래에 직장 여성들이 대부분이었지만 가끔 남자들도 수업에 참석했다. 남자 수강생들은 여자 아이돌 춤인 걸 알고 소스라치게 놀라며 첫 수업 이후로 다시는 나오지 않았지만.

그런데 하루는 수업 시간에 중년의 남성이 참가했다. 퇴근하고 곧바로 온 그는 탈의실이 따로 없다는 사실에 당황한 듯 보였다. 그는 정장 바지에 흰 셔츠 차림 그대로 어정쩡하게 강의실 구석에 서 있었다. 그의 등장에 다른 수강생들도 관심을 보였다.

"남자 수강생 왔네."

"이번 달 씨스타 안무지? 쯧쯧, 보나 마나 오늘 이후로 안 보일걸."

사람들의 시선을 의식한 그는 멋쩍은 표정을 지으며 어색하게 서 있었다. 수업이 시작되고 씨스타의 <Ma Boy>가 강의실에 울려 퍼지자 그의 눈동자가 심하게 흔들리는 것이 보였다. 그의 반응이 재밌었던 나는 강의 시간 내내 힐긋거리며 그를 훔쳐봤다.

'마~ 보이~ 마~ 보이~ 베이비~'

그날은 하필 <Ma Boy>의 하이라이트, 섹시한 웨이브와 엉덩이를 귀엽게 움직이는 동작을 배우는 날이었다.

"가슴부터 골반까지 부드럽게 웨이브, 두 번!"

선생님의 안무 시범에 그의 얼굴은 당혹감으로 새빨갛게 달아올랐다.

"왼쪽 웨이브! 오른쪽 웨이브!"

엉거주춤한 몸짓으로 그는 웨이브인지, 뭔지 모를 동작을 해냈다.

"허리 숙이면서 엉덩이를 빼서 돌리고! 자, 섹시하게! 귀엽게!"

'섹시'와 '귀여움' 앞에서 그는 거의 울기 직전이었다. 그래도 그는 수업을 포기하지 않고 춤을 이어 나갔다. 어느새 그의 얼굴은 땀으로 범벅이 되었고, 하얀 셔츠의 겨드랑이는 폭포처럼 젖어 들었다. 그는 수업이 끝나고 비틀거리며 강의실을 빠져나갔다.

그리고 다음 시간, 놀랍게도 강의실에 또 그가 나타났다! 마지막이 될 줄 알았는데 그의 춤을 또 감상할 수 있다니! 흥미진진했다. 그는 여전히 정장 차림을 하고 당혹스러운 표정을 한껏 지으면서도 춤을 멈추지 않았다. 나는 점점 그의 춤에 빠져들었다. 그의 웨이브는 뻣뻣하다 못해 딱딱했고, 엉덩이 동작은 투박했다. 그런데도 자꾸 보다 보니 좋아졌다. 심지어 그는 자신만의 방식으로 안무를 재해석한 것 같은 착각마저 들었다. 결코 잘 추는 건 아니지만 중년 남성이 추는 개성 만점 <Ma Boy>였다.

그는 한 달 내내 결석하지 않았다. 마지막 수업 날, 마침내 중년의 신사는 자신만의 <Ma Boy>를 완성했다. 그는 처음 수업보다 한결 편해진 얼굴로 만족스러운 웃음을 띠고 있었다. 나는 수업이 끝나고 나가는 그의 뒷모습에 박수를 보냈다. 아쉽게도 <Ma Boy> 이후로 그의 모습은 보이지 않았지만 k-pop댄스를 떠올리면 아직도 그가 생각난다. 그도 나처럼 K-pop댄스를 맛보러 왔던 걸까? 배우는 동안 즐거웠을까? 부디 충분히 즐겼길 지켜보던 팬으로써 바란다.

다음 배울 춤을 물색하고 있을 때, 마침 친한 동생에게서 연락이 왔다.

"언니 나랑 스윙 댄스 추러 가지 않을래?"

"스윙? 처음 들어봤는데?"

"언니 스윙 댄스는 파트너랑 추는 춤이야. 언니 남자친구도 자연스레 만들 수 있다고."

남자친구란 말에 혹했다. 나는 친한 동생이 활동하는

동호회에 당장 가입했고 주말마다 출석하는 열정을 보였다. 이곳은 동호회지만 기초부터 고급까지 체계적인 수업이 있었다. 나는 기초 수업에 참석했다. 둥글게 서서 파트너를 바꿔가며 '락 스텝'을 신나게 밟다 보면 시간이 훌쩍 지나있곤 했다.

매주 목요일 밤마다 열리는 스윙 바에도 참가했다. 스윙 바는 일정 참가비만 내면 자유롭게 춤을 즐길 수 있었다. 배운 거라고는 기본 스텝밖에 없지만 호기심이 일었다. 친한 동생을 따라 들어간 스윙 바는 별세계였다. 매주 주말마다 수업하는 공간이지만 분위기가 매우 달랐다. 공간을 가득 채운 뜨거운 열기와 춤에 깊게 몰입한 사람들이 뿜어내는 생명력 넘치는 에너지가 폭발하는 곳이었다. 나는 그곳의 분위기에 곧 매료되었다. 그때 한 남자가 눈에 들어왔다. 댄스홀의 에너지는 모두 그에게서 나오는 것처럼 보였다. 동행한 동생이 내게 귓속말로 속삭였다.

"저 남자가 우리 동호회에서 유명한 사람이야. 춤을 잘 추거든."

"그래?"

"응. 그래서 다들 저 사람이랑 한 번 춤 춰봤으면 하지."

나는 고개를 끄덕였다. 나도 저 사람과 춤을 춰봤으면 하고 생각하고 있었으니까. 하지만 왕초보인 내가 그의 파트너가 되려면 몇 년은 걸릴 터였다. 동생은 곧 파트너를 찾아 춤추러 나가고 나는 홀로 앉아 사람들의 춤을 한창 구경하는데 자꾸만 나도 모르게 '유명한 그 남자'에게 눈길이 갔다. 그는 온몸으로 웃고 있는 것처럼 보였다. 그가 발을 구를 때마다 행복한 에너지가 뿜어 나오는 것 같았다. '어쩜 저리도 행복해 보일 수 있을까?' 나의 시선이 느껴졌는지 갑자기 유명한 그 남자가 내 앞으로 걸어왔다.

"같이 추시겠어요?"

"네? 저요?"

나에게 내민 그의 손이 믿기지 않아 주변을 두리번거렸다.

"진짜 저 말이에요?"

"네."

이런 행운이! 춤 신청이 들어오면 거절은 예의가 아니라고 배웠지만 덥석 받아들이기에는 망설여졌다.

"저, 사실은 제가 '락 스텝'밖에 못 배웠어요."

(당신과 추기에는 제가 너무 하수라고요.)

"괜찮아요. 걱정하지 마세요. 제가 잘 리드할게요."

나는 친절한 그의 말에 손을 덥석 잡고 따라나섰다. 그는 '리더'가 되고 나는 '팔로워'가 되었다. 그는 내 수준에 맞춰 '락 스텝'만으로 춤을 이어갔다. 음악이 더욱 경쾌하게 바뀌고 그는 동작을 바꿔나갔다. 내가 잘 따라오자 그의 얼굴에 미소가 번지기 시작했다.

"잘 따라 하시네요."

그는 배려하며 조금씩 어려운 동작으로 바꿨다. 나는 그의 리드에 따라 뱅그르르 돌고 폴짝폴짝 뛰어올랐다. 이것이 진짜 스윙 동작인지 알 수 없지만 점점 신이 났다. 음악이 고조되자 우리의 흥은 최고로 올랐고 마치 시간이 멈춘 듯 행복한 기분을 느꼈다. 내가 처음 봤을 때처럼 그는 온몸으로 행복을 뿌리며 웃었다. 그 행복은 내게도 전해졌다.

그 뒤로 매주 나는 스윙 바에 드나들었다. 가끔 그의 파트너가 되는 행운을 누리기도 했지만 대게는 사람들이 추는 춤을 감상하는 걸로 만족했다. 깊게 몰입해 춤을 추는 사람들을 보면 '현존'해 있다는 말이 무슨 말인지 알 것 같다. 온전히 '지금'에 존재하는 것. 그럴 때면 그들에게는 빛이 났다. 그 빛은 내게도 전해졌고, 나에게는 큰 위로가 되었다. 낯가림이 심해서 기대하던 남자친구는커녕 친구도 만들진 못했지만, 그곳에서의 치유 시간은 아직도 좋은 기억으로 남아 있다.

　스윙 댄스를 그만둘 즈음 성인들 대상으로 하는 취미 발레가 유행했고 나는 망설임 없이 발레를 시식하러 갔다. 발레는 결혼하기 전까지 꼬박 일 년을 배우러 다녔다. 연습용 발레 슈즈를 신고 바 앞에 서면 어릴 때 꿈을 이룬 것처럼 행복했다. 그런데 아름다운 건 절대 공짜가 아니란 걸 발레를 배우며 알게 되었다. 아름다운 발레 동작은 고된 훈련을 통해 나오고, 훈련에는 통증과 고통이 덤으로 따라온다는 걸 몇 번의 부상과 전신 근육통으로 배웠기 때문이다.

　매번 다른 춤을 배우러 다니는 내게 친구가 물었다.

　"춤 하나를 오래 배우는 게 낫지 않아? 그래야 성과도 얻지."

　"맞아! 근데 나는 죽을 때까지 춤을 출 거라 지금은 짧은 프로젝트를 수행 중이야."

　"프로젝트?"

친구가 궁금하다는 듯 물었다.

"춤 시식 프로젝트! 다양한 춤 맛을 보며 나를 이해하는 시간인 거지."

나는 친구에게 춤 시식 프로젝트의 경험을 나누면서 한 우물만 파는 것도 좋지만 가끔은 다양한 경험을 하는 것도 나쁘지만은 않다는 것도 덧붙였다. 다양한 경험은 깊이가 얕을지 몰라도 시야를 넓게 해준다. 춤 시식 프로젝트를 통해 다양한 춤을 추는 사람들을 만나면서 '보는 눈'을 키웠고 몸으로 자신을 표현하는 각양각색의 방법을 배웠다. 그리고 무엇보다도 어떤 춤이 내게 맞는지, 내가 좋아하는 장르가 무엇인지도 알게 되었다. 맛보기가 없었더라면 결코 발견하지 못했을 터다.

나는 아직도 '춤 시식' 중이다. 최근 몇 년 전부터는 현대무용을 시작했다. 올해는 한국무용도 시식하고 있다. 중년의 몸으로 프로처럼 하지는 못하겠지만 즐겁게 할 수 있다면 그걸로 족하다. 전문성을 갖추는 것도 물론 중요하지만 가끔은 일탈도 그 못지않게 소중하다는 것이 나의 지론이다. 일탈이 날 어떻게 바꿔 놓을지 아무도 모르니까.

　나는 한 우물만 파라고 조언한 친구에게 자신 있게
말했다.

　"가끔은 시식 프로젝트를 시도해 봐. 처음부터 너무
깊게 몰입하지 말고 맛만 보는 거지. 혹시 알아? 그렇게
우물을 파다 보면 뜻밖의 오아시스를 발견할지도 모르
잖아."

적당한 거리를 찾아서, 스윙댄스

　스윙댄스에서 가장 인상 깊었던 건 바로 파트너와 함께 춤을 춘다는 점이었다. 낯선 이와 마주 잡고 춤을 추는 건 신선하면서도 낯설기도 했다. 리드하는 사람은 팔로워를 배려하며 잘 따라올 수 있게 신호를 줘야 하고 팔로워는 자기 마음대로 움직이려는 걸 누르고 리더의 신호를 잘 따라야 했다. 당기기도 하고 밀기도 하면서 적당한 거리를 리듬을 타며 움직이려니 참 힘들었다.

　오래전에 친구들이랑 캐나다 여행했을 때 우연히 한적하고 목가적인 작은 마을을 지나가게 되었다. 거리 분위기가 얼마나 예쁘던지 우리는 잠시 차를 세우고 걸었다. 빅토리아풍 건물들 사이로 작은 강이 흐르고 있었다. 강가에는 백조들이 돌아다녔고 피크닉을 나온 사람들로 붐볐다. 강을 따라 걷다 보니 넓은 잔디밭 가운데 현대적인 건물이 눈에 들어왔다.

"어머 얘들아! 여기 전시장이 있네."

우리는 별 기대 없이 전시장으로 들어갔다. 전시장 입구에 있는 안내문에는 전시 주제가 '소통'이라고 적혀 있었다. '소통을 어떻게 전시한담?' 문득 호기심이 생겼다. 전시홀은 생각보다 넓었고 '관계와 소통'에 대해 직접 체험하고 실험해 볼 수 있도록 꾸며져 있었다. 친구들과 한참 웃고 장난치며 전시홀을 지나다가 한 전시물에 흥미가 생겼다. 사람 사이에 '적절한 거리'를 체험하는 곳이란 안내와 함께 바닥에 선이 몇 개 그어져 있었다. 체험하는 방법은 간단했다. 두 사람이 각각의 선에 서서 눈을 마주 보며 대화하면 되었다.

나는 가장 끝 선에 섰다. 친구도 가장 끝 선에 서자 우리 사이는 대화하기에는 꽤 멀었다.

"야! 너무 먼 것 같아."

"그렇지? 좀 더 가까이 가 볼까?"

우리는 한 줄 앞에 있는 선을 밟고 섰다. 우리 사이의

거리는 대략 1미터 남짓이었다.

"좀 나은데?"

"그래도 편하게 대화하기엔 아직 먼 것 같아."

"그럼 더 앞줄에 서 보자."

이제 우리 사이 거리는 70센티미터.

우리는 한 걸음 더 앞으로가 마주 섰다. 우리들의 시선이 편하게 부딪치며 자연스레 얼굴에는 미소가 피었다.

"오! 좋은걸!"

"맞아. 이게 딱 좋네."

"우리 더 가깝게 서 보자." 친구가 신나서 소리쳤다.

"좋아! 하나둘 셋!"

"악!"

가장 가까운 선으로 폴짝 뛰며 친구와 눈이 마주치는 순간, 나도 모르게 소리 지르며 몸을 피해 버리고 말았다. 멋쩍어하며 서 있던 친구는 곧 서운한 표정을 감추지 못했다. 우리 둘을 구경하던 다른 친구들은 웃음을 터트렸다.

"지영이 진짜 불편해하는 거 봤어?"

"야, 질색하는 거 같더라."

나도 모르게 나온 반응이라 친구에게는 너무 미안했다. 하지만 그것이 나의 진심이었다. 친구와 나의 적절한 거리는 딱 70센티미터, 이 거리가 너무 멀지도 가깝지도 않은 거리였다. 그제야 나는 이 전시물의 의도를 이해할 수 있었다. 사람 사이에 경계 없이 무조건 가까운 것이 좋은 것만은 아니란 걸. 그 거리는 사람마다 맺는 관계마다 다르겠으나 아무리 애착이 강한 관계도 적절한 거리가 있어야 한단 걸 알게 되었다.

　스윙 댄스에서 파트너와 관계도 이와 비슷하다. 너무 멀지도 너무 가깝지도 않게 상대의 의도를 눈치채고 따르는 감각까지 꼭 사람과의 관계와 닮아있다. 이건 정해진 답이 없다. 파트너와 내가 찾아내야 하는 일종의 감각이다. 모든 관계가 그렇듯이.

　건강한 관계는 '경계'가 분명한 관계라고 했다. '경계'를 잘 세워야 건강한 거리를 잘 유지할 수 있다. '경계'와 '거리'란 말이 얼핏 들으면 정 없어 보인다고 할지 모르지만 우리는 누구나 자기만의 심리적인 공간이 있다. 서로 건강하게 거리를 지키기 위해서는 자신만의 경계와 적절한 거리가 필요하다. 하지만 어떤 관계에서는 종종 그것이 무시되곤 한다. 두 사람이 마주 보고 춤을 추듯 서로에게 맞는 적절한 거리를 찾는 것이야말로 좋은 관계를 맺는 과정이자 관계의 묘미라는 걸 꼭 잊지 말아야 한다.

재능이 있으면 얼마나 좋을까?

'나도 재능이 많으면 얼마나 좋을까?'

그다지 잘하는 것이 없던 나는 재능있는 사람들을 동경하고 부러워했다. 오리엔탈 댄스를 시작하고부터는 부쩍 그런 마음이 들곤 했었다.

'타고난 사람들은 연습 따윈 안 해도 될 거야.' 재능이란 노력하지 않아도 성과를 얻을 수 있는 '치트키'쯤으로 여겼다. 재능을 살 수만 있다면 얼른 사서 나도 쉽게 무언가를 얻는 기분을 느껴보고 싶었다.

그러다가 나도 '재능'이란 걸 경험하게 되었다. 발레를 처음 배울 때였다. 첫 시간임에도 별 어려움 없이 바를 잡고 하는 기본동작이 척척 나오는 것이 아닌가.

"어릴 때 발레했죠?"

선생님이 다가와 물었다.

"아니요. 처음인데요."

처음이란 대답에 고개를 갸웃거리며,

"처음이라고요? 배워본 사람 같이 잘하네요. 발레에 재능 있나 봐요."

"네? 제가요?"

순간 귀를 의심했다. 재능이라니! 살면서 재능있다는 칭찬은 처음 들어봤다. 너무 좋아서 정신이 멍할 지경이었다. 칭찬을 자주 듣는 사람은 그게 뭐 대수인가 하겠지만, 친구들이 나를 보면 '대기만성' 사자성어가 떠오른다고 할 정도로 나의 시작은 하찮고 어설펐다. 그런 나에게 이런 평가를 받는 건 기적이나 다름없었다.

"다음 달 등록할 때 다음 단계로 가세요." 나는 또 한 번 놀랐다. 한 달 만에 기초반 졸업이라니! '진짜 나 재능 있는 거야?'

나는 다음 달 등록 때 상급반으로 옮겼다. 노력도, 연습 없이도 잘한다는 것이 이토록 짜릿하게 재미있을 줄 몰랐다. 다음 레벨은 살짝 어려웠지만 나는 그마저도 척척 해냈다.

하루는 턴을 배웠는데 수강생들 모두 어려워하며 쩔쩔맸다.

"한 명씩 해보세요."

수업 시간에 한 명씩 나와서 배운 동작을 선보일 때였다. 다들 불안하게 턴하는 와중에 내 차례가 되었다.

'휘리릭'

깔끔하게 턴을 마무리하자마자 박수가 쏟아졌다.

"진짜 우아해요. 잘했어요!"

부러워하는 눈빛과 칭찬에 쑥스러웠지만 나는 어깨가 으쓱해졌다.

"여러분, 지영 회원님이 하는 것처럼 하면 됩니다. 회원님은 우리 반 에이스에요."

'에이스?' 나는 심장이 뛰었다. 태어나서 처음 듣는 말이었다. 운동이면 운동, 공부면 공부, 특출난 것 없어 늘 누군가의 뒷모습을 보며 따라가기 바빴던 내가 '에이스'라니 감격스러웠다. 온 힘을 다해 열심히 배웠던 오리엔탈 댄스에서도 들어보지 못한 최고의 칭찬이었다.

'세상에, 연습 한 번 안 해도 에이스라니!'

나는 드디어 발견한 '치트키'에 신이 났다. 이번에도 선생님은 다음 단계로 올라가라고 권했다. 나는 그야말로 의기양양해졌다. 하지만 이번엔 달랐다. 상급반 수업 첫 시간 연습실에 들어서면서부터 느낄 수 있었다. 수업을 기다리는 수강생들 자세부터 달랐다. 레오타드까지 갖춰 입고 배운 동작을 연습하는데 움직임부터 전문가처럼 보였다. '이 사람들 취미로 하는 사람들 맞아?'

유연한 몸에 어깨는 아래로 바짝 당겨지고 목은 꼿꼿하고 길었다. 그 사이에 끼어 있으니 내 구부정한 어깨가 한층 도드라졌다. 나는 한 수강생에게 조심스레 물었다.

"발레하신 지는 얼마나 되셨어요?"

"10년이요."

나는 깜짝 놀라 주변을 돌아보며 다시 물었다.

"여기 계신 분들 다 그래요?"

"다들 저만큼이나 오래 하셨죠. 지영님은 얼마나 했는데요?"

"아, 저는."

부끄러워서 차마 '천부적인 재능'을 가진 삼 개월 차 에이스라는 말을 꺼낼 수 없었다.

수업이 시작되고 선생님은 랩을 하듯 발레 동작을 빠

르게 말했다.

"피루엣, 턴, 어쩌구@#@$"

눈만 동그랗게 뜨고 있는 나와 다르게 수강생들은 주문한 동작을 능숙하게 연결해서 척척 해냈다. '삼 개월 차 에이스'의 밑천이 드러나는 순간이었다. 선생님이 말하는 발레 용어를 알아듣지 못하는 사람은 나뿐이었다. 눈치껏 사람들을 따라 하긴 했지만 정작 내가 뭘 하는지 몰랐다. 한 시간이 정신없이 흐르더니 자신감은 온데간데없이 사라졌다.

수업을 마친 후, 나는 머뭇거리며 선생님에게 다가갔다.

"선생님, 저는 아무래도 아래 단계로 다시 돌아가야 겠어요."

"몇 달만 참고 더해 보세요. 곧 익숙해질 거예요."

선생님의 만류에 남기로 했지만 어떻게 해야 다른 수강생들과 엇비슷해질까를 두고 심각한 고민에 빠지고 말았다.

사실 나는 그들에 비해 기초가 턱없이 부족했다. 몸의 유연성은 물론이고 근력도 확연히 부족했다. 그날부터 나는 강도 높은 훈련을 하며 기본을 다지기 시작했다. 발레 수업이 있는 날이면 전신 근육통으로 밤새 끙끙 앓다가 일어나기를 몇 달 동안 반복했다.

그날도 선생님은 내 몸을 누르며 다리 찢는 것을 도와주고 있었다.

'퍽!' 골반 안쪽에서 터지는 소리가 났다.

"으아아아아아아앗!"

허벅지 안과 뒤쪽이 아프다는 말로는 부족한, 그야말로 난생처음 경험해 보는 통증에 비명이 터졌다. 집에 가서도 통증은 가라앉지 않았고 며칠을 절뚝거리며 다녀야 했다. 며칠이 지나도 통증이 가라앉지 않자 어쩔 수 없이 병원에 갔다. 병명은 햄스트링 파열! 근육이 찢어졌다고 했다. 뱁새가 황새 따라가면 가랑이가 찢어진다더니, 내가 딱 그 짝이었다. 급한 마음에 10년 내공을 빨리 따라가려다 진짜 가랑이가 찢어진 것이다.

결국 나는 다리가 나을 때까지 발레를 하지 못했다. '연습 없는 재능은 어떤 힘도 발휘하지 못하는구나. 내가 발레에 재능이 있을지언정 오랫동안 단련하고 연습하는 사람들을 이길 순 없지. 연습 없는 재능은 모래 위에 쌓은 성처럼 파도에 쉽게 휩쓸려 가버리는구나.'

다리가 회복되자 집에서 가까운 새로 생긴 발레 학원

에 등록했다. 이번에는 가장 기초반으로. 첫 수업이 끝나고 선생님이 다가와 물었다.

"어릴 때 발레하셨나 봐요?"

"아니요. 얼마 전에 잠시 배우긴 했어요."

"잘하시는데요. 상급반 가세요. 재능있으세요."

선생님의 칭찬에 예전처럼 붕 뜨지 않았다. 나는 어느 때보다도 단호한 목소리로 말했다.

"아닙니다! 저는 기초부터 차근차근 배울 겁니다!"

그 후로도 선생님은 내게 여러 차례 상급반을 권했지만 그때마다 나는 정중히 거절했다. 그러다 한 번은 내가 겪은 혹독한 시련을 털어놓았다.

"재능 믿고 까불다가 혼쭐났다고요."

내 대답에 선생님은 웃으며 좋은 태도라고 말했다. 나는 더 이상 '재능 없음'에 대해 불평하지 않는다. 재능만으로는 한계가 있다는 것을 뼈저리게, 아니 가랑이 찢어지며 경험했으니까.

그의 꿈은 발레리노

발레 수업 시간에 내 시선을 낚아챈 사람이 있었다. 발레반의 유일한 남성 회원이었다. 반쯤 벗겨진 머리에 땅딸막한 체형, 볼록 나온 배까지 영락없는 중년 아저씨였다. 누가 봐도 발레와는 거리가 멀어 보였지만 재미있는 건 그가 늘 완벽한 발레리노 복장을 고수한다는 점이다. 딱 달라붙는 무용 스타킹을 입은 모습이 민망하다 못해 너무 적나라해서 사람들 시선이 이리저리 흔들리는 건 예사였다. 그의 복장을 두고 뒤에서 쑥덕거리는 소리에도 그는 늘 당당했고, 열정적이었다. 불룩한 배 때문에 복근 운동이 힘들었고, 스트레칭 시간마다 굳은 몸을 펴느라 얼굴이 벌게졌지만 수업에 빠지는 법이 없었다.

그러던 어느 날, 달려오면서 날아올라 공중에서 최대한 다리를 앞뒤로 벌리고 착지하는 점프 동작을 배우는 시간이었다.

"한 명씩 점프하세요."

수강생들은 한 명씩 차례로 뛰기 시작했고 드디어 우리의 발레리노 차례가 되었다. 모두의 시선이 그에게 쏠렸다. 발레리노는 살짝 긴장한 표정이었다.

'쿵! 쿵!'

그가 뛰어올라 발을 착지할 때마다 둔중한 소리가 났다. 어색하게 뻗은 팔과 굳은 다리는 엉성하기 짝이 없었다. 하지만 그의 얼굴을 본 순간, 나는 감동했다. 그의 얼굴은 행복과 환희에 가득 차 밝게 빛이 나고 있었다. <백조의 호수>에 나오는 왕자님이 된 듯, 온전히 점프를 즐기고 있었다.

"와! 잘했어요!"

그의 점프가 끝나자 모두 박수와 칭찬을 쏟아냈다. 나도 모르게 그에게 다가갔다.

"정말 잘하셨어요! 멋지세요."

진심에서 우러나온 말이었다.

"아우, 뭘요 감사합니다."

과감한 복장과는 달리 수줍은 얼굴로 그가 웃었다.

수업이 끝나자마자 그는 서둘러 정장으로 갈아입고는 서류 가방을 옆구리에 낀 채 사라졌다. 그는 꿈과 현실 사이, 절묘한 타협점을 찾아 행복해진 것 같았다. 문득 그의 모습에 내 모습이 겹쳐 보였다. 어쩌면 나의 발레리나 꿈과 그의 발레리노 꿈은 이미 이루어진 걸지도 모르겠다.

chap 3.

춤에서 멀어질 때

새로운 버킷 리스트

나는 오랫동안 일기를 써왔다. 일기장은 어느덧 쌓여 꽤 많은 양이 되었고, 책상 한구석에 쌓아 두고 가끔 옛 일기를 꺼내 읽곤 한다. 과거의 나와 나누는 대화는 재밌다. 잊어버렸던 일을 다시 떠올리기도 하고, 예전에 내 생각과 감정이 생소하게 느껴져 깜짝 놀라기도 한다.

그날은 남자친구 부모님을 뵙고 온 날이었다. 결혼을 생각하니 설레기도 했지만 알 수 없는 미래가 두렵기도 했다. 나는 손에 닿는 대로 아무 일기장이나 펼쳤다. 우연히 펼친 일기는 오 년 전, 서른두 살에 쓴 글이었다. 제목은 '나의 버킷 리스트'였다.

'버킷 리스트라니! 내가 이런 것도 썼었구나!'

버킷 리스트의 존재를 까맣게 잊고 있었는데 일기를 다시 보니 그날의 기억이 생생하게 떠올랐다. 버킷 리스트를 쓴 그날은 오리엔탈 댄스 회원 발표회 날이었다. 발표회를 마치고 집으로 돌아와서 책상 앞에 앉아 진지하게 버킷 리스트를 써 내려갔다.

'일 번, 관객이 작은 무대에 설 수 있을 정도로 춤을 잘 춘다.'

'이 번, 관객이 30명 정도 무대에 설 수 있을 만큼 춘다.'

'삼 번, 관객이 50명 정도 무대에 설 수 있을 정도로 실력을 갖춘다.'

이렇게 버킷 리스트는 이어졌고, 마지막에는 관객이 수백 명 되는 무대에 서겠다는 목표로 끝을 맺고 있었다. 나열된 소망을 읽고 나는 놀랐다. 첫 번째는 그 소망들이 거짓말처럼 모두 이뤄졌다는 점이고, 두 번째는 정말 내가 춤에 미쳤었다는 걸 새삼 깨달았기 때문이다. 소망 열 개가 모두 춤이라니. 정말이지 광적인 열정이 아닐 수 없다. 그동안 원하는 만큼의 실력을 쌓았는지는 모르겠지만 몇 차례 큰 무대에서 공연도 해 봤기에 이만하면 버킷 리스트를 충분히 이뤘다고 스스로 만족했다.

나는 가만히 지난 칠 년을 생각했다. 그동안 원 없이 춤을 춰 봤고, 춤으로 하고 싶었던 경험을 거의 다 해 봤다. 칠년 동안 춤과 불같은 연애를 했다면 이제는 잔잔하게 우정을 나누고 싶었다. 화려한 코스 요리보다는 뭉글하게 끓인 된장찌개처럼 편하게 춤을 즐기고 싶었다.

나는 일기장 새 페이지를 펼치고 새로운 버킷 리스트를 적어 내려갔다. 내가 진정으로 원하는 걸 신중하게 떠올리며 적었다.

'심리상담 학위'

'무용동작치료 공부'

심리상담은 오래전부터 관심 있었던 분야였다. 나는 이십 대에 우울감으로 심리상담을 받은 적이 있었다. 그 후로 심리학책을 즐겨 읽었고, 심리 치료 방법 중에 예술치료가 있다는 걸 알게 되었다. 마침 춤에 한창 빠져있던 터라 '무용동작치료'에 관심이 생겼고, 대학원에 입학해서 공부해 보고 싶었다.

'네가 진짜 원하는 게 뭐야?'

거침없이 내가 원하는 삶을 써 내려갔다. 몇 페이지를 빼곡하게 채우고야 펜을 멈췄다. 써 놓은 글을 보니 이제는 내 마음이 어디로 향하는지 잘 알고 있었다.

서른 살에 나는 이 질문에 쉽게 답을 하지 못했었다. 머리가 아닌 가슴으로 답을 하는 법을 몰랐던 나는 스스로 솔직하지 못한 삶을 살아야 했고 행복하지 못했다. 하지만 춤을 만나고 마음이 하는 대답을 알아듣게 되면서 점점 나답게 살 수 있게 되었다. 그것은 완벽한 삶이 아닌 온전한 삶이었다. 착실하게 쌓은 경력을 내려놓는 것은 고민되는 일이었지만 나는 내 마음에 소리를 믿기로 했다. 새로운 버킷 리스트를 보며 내 삶이 상상도 하지 못한 방향으로 바뀔 거라고 순간 직감했다. 가시밭길일지, 꽃길일지 모르지만 우선 가 보자고. 일기장을 덮으며 다가올 미래에 설레었다.

폐쇄병동에서 춤을

그다음 해 나는 결혼과 동시에 상담심리대학원에 진학했다. 원했던 대로 전공 공부 이외에 틈틈이 '무용동작치료' 수업을 들으며 자격증을 준비했다. 무용동작치료 협회에서는 일정 시간의 실습을 충족해야 자격증 시험을 볼 수 있었다. 나는 집에서 가까운 정신건강센터에 자원봉사 실습 신청을 했다. '치료프로그램'을 맡으면 좋겠지만 아직 자격과 경력이 없는 나는 폐쇄병동 레크레이션 팀으로 배정됐다. 레크레이션 팀은 일주일에 한 번씩 환자들과 함께 예능 방송에서 하는 게임들을 변형해 진행하거나 노래자랑을 펼치곤 했다. 그러던 어느 날, 병원에 도착하니 담당자가 급하게 날 찾았다.

"어쩌죠? 오늘 혼자 진행하셔야 해요."

"네? 왜요?"

"모두 일이 생겨서 갑자기 못 나온대요."

하필이면 봉사자들이 그날 한꺼번에 결근하다니 눈앞이 깜깜했다. 내성적인 내가 혼자 사람들 앞에서 진행까지 해야 한다니 생각만 해도 손발이 달달 떨렸다. '아프다고 집에 갈까?', '급한 일이 생겼다고 할까?' 오만 가지 핑계를 생각하고 있는데 내 심란한 표정을 읽은 담당자는 위로인지 모를 한마디를 한다.

"할 수 있어요! 부탁해요."

담당자는 두 주먹을 쥐고 파이팅을 외쳤다.

"아니, 응원 말고 도와줄 분 좀 구해줘요."

나의 다급한 구원요청에도 담당자는 애매한 미소만 지을 뿐 아무런 대답 없이 사라졌다.

'진짜 혼자 해야 한다.'

나는 빠르게 머릴 굴렸다. 지난주 함께 준비했던 건 혼자 진행하기에는 무리였기에 혼자서 할 수 있는 새로운 걸 준비해야 했다. 그때 번득이며 떠오르는 것이 바로 '춤'이었다.

'그래, 환자들이랑 춤을 추자.'

음악만 있으면 춤이야 어디서든지 출 수 있지 않은가. 나는 '무용동작치료' 수업을 떠올리며 적절한 음악을 준비했다. 환자들 연령은 다양했지만 대부분 30대 중반부터 40대였다. 마음이 편해지는 잔잔한 음악과 흥을 돋울 수 있는 90년대 댄스곡을 준비했다.

'환자들 연령대엔 옛날 댄스곡이 좋겠고, 느린 곡과 흥겨운 곡 순서는……'

환자들이 춤을 편하게 느낄 수 있도록 가벼운 준비 동작을 넣고 빠르게 프로그램을 만들었다.

레크레이션 시간이 다가오자 나는 떨리는 마음을 부여잡고 폐쇄병동 문 앞에 섰다. 심호흡하고 벨을 누르자 마중 나온 간호사 선생님들이 한마디씩 했다.

"오늘은 왜 혼자에요?"

"다른 분들이 못 오신다네요."

"아이고, 저런."

간호사 선생님들은 혼자 뭘 하겠냐며 몇 분이 도와주겠다고 따라나섰다. 선생님들은 크게 호응해 주겠다며 장담했고 덕분에 긴장이 좀 누그러들었다. 강의실에 도착하니 환자들은 혼자 서 있는 날 호기심 어린 눈으로 쳐다봤다.

"오늘은 여러분과 춤을 추려고 해요."

말이 끝나자마자 어디선가 '아이~씨'라고 불만 섞인 소리가 터져 나왔다. 심지어 몇 명은 불만스러운 표정으로 자리를 박차고 나가버렸다. 남은 환자들도 썩 반기는 분위기가 아니었다. 환자들의 싸늘한 반응에 나는 잔뜩 움츠러들었다. 다행히 간호사 선생님들이 박수로 호응해 줘서 도망치고 싶은 마음을 다잡을 수 있었다. 나는 용기를 내어 다음 말을 이어갔다.

"어려운 거 아니에요. 자, 먼저 무릎만 움직여 보세요."

나는 음악을 틀고 사람들이 자연스럽게 몸을 움직일 수 있도록 유도했다. 시큰둥한 표정으로 서 있던 사람들은 음악이 흐르자 다리를 까닥거리며 박자를 타기 시작했다.

"어깨를 움직여 보세요."

음악에 맞춰 어깨를 실룩거리며 움직이는 사람들의 표정이 조금씩 밝아졌다.

"머리를 움직여 볼까요."

"다리를 마음대로 움직여 보세요."

음악에 맞춰 몸을 움직이다 보니 긴장이 풀렸는지 사람들 움직임이 제법 춤같이 보이기 시작했다.

나는 음악을 좀 더 빠른 박자로 바꿨다.

"자, 이젠 걸어볼까요?"

자연스레 박자를 타며 걷기 시작했다. 빨리 걷는 사람, 느리게 걷는 사람, 각자의 리듬을 타며 걷기 시작했다. 음악을 느끼며 걷다 보니 걸음은 자연스레 스텝이 되었다.

나는 몸이 자연스레 움직이는 대로 움직여 보라며 눈을 감아도 좋고 그대로 서 있어도 된다고 말했다. 시간이 지나자 사람들이 점점 자신의 움직임에 집중하고 몰입하는 게 느껴졌다. 누구는 구석에서 작은 움직임으로 리듬을 타고, 누구는 활기차게 큰 공간을 활용해 움직였다.

'그래, 이게 바로 춤이지.'

내가 좋아했던 춤, 내가 사람들과 함께 하고 싶었던 경험이 바로 이것이었다.

이제 흥을 올려야 할 때가 됐다. 나는 좀 더 빠른 음악을 틀었다.

'쿵작, 쿵작'

사람들의 표정이 한층 더 밝아졌다. 처음에는 어색해하고 소극적이었던 사람들의 몸짓이 격렬해지면서 분위기는 후끈 달아올랐다. 대낮에 현란한 조명 하나 없었지만 사람들은 분위기와 춤에 깊이 몰입했다. 구경하던 간호사 선생님들도 엉덩이를 씰룩이며 손뼉을 쳤다. 신나는 소리에 자리를 박차고 나갔던 사람들도 돌아와 구경하기 시작했다. 마지막 하이라이트 김건모의 <잘못된 만남>에서는 모두 떼창을 하면서 어깨를 걸고 춤을 췄다. 마지막 곡이 끝나고도 사람들은 무척 아쉬워하며 자리를 뜨지 못했다.

"이거 자주 해야겠네."

간호사 선생님들이 엄지를 들어 올리며 말했다. 평소에 무기력하기만 했던 환자들이 활기차게 몸을 움직이는 모습이 보기 좋았다며 칭찬까지 곁들이자 뿌듯했다. 내가 좋아하는 춤으로 사람들에게 도움이 될 수 있다니…….

강의실 밖으로 나가는 사람들의 발걸음에는 힘이 실렸다. 약 기운에 힘 없이 늘어져 있던 사람들에게서 경쾌한 기운이 느껴졌다. 반대로 너무 예민해져서 분노를 터트리던 사람들은 다른 동료들과 어깨를 걸고 담소를 나누며 편하게 웃고 있었다.

《뇌는 춤추고 싶다》(장동선/줄리아 F.크리스텐슨)에서는 춤이 뇌에 미치는 긍정적인 영향을 설명하고 있다. 음악을 들으며 스텝을 밟는 행위는 우리 뇌에 엄청난 자극을 주고 자신의 감정을 몸으로 표현하면서 사회성이 길러진다고 한다. 심지어 춤이 어떤 운동보다 치매에 도움이 된다는 연구 결과도 있다. 신나고 즐거운데 건강까지 챙길 수 있다니 얼마나 좋은가. 역시 춤은 늘 옳다.

춤은 감정을 담는다.

외할아버지가 돌아가셨다. 할아버지는 우리 자매에게 큰 사랑을 베풀었다. 밖으로 돌았던 아버지의 부재를 느끼지 못하며 자랐던 것도 모두 할아버지 덕분이었다. 사랑하는 사람과의 영원한 이별은 처음 겪는 일이다 보니 다시는 만날 수 없다는 현실을 받아들이기 힘들었다.

마음이 힘든 시기에 '무용동작치료' 워크숍에 참가하게 되었다. '진정한 움직임'이란 주제로 무의식을 열고 몸이 이끄는 대로 움직이며 내면의 상처를 만나는 그룹 프로그램이었다. 나는 이 프로그램이 몸으로 하는 명상 같아서 무척 좋았다. 먼저, 눈을 감는 것으로 시작한다. '적극적 상상'이라고도 불리는데 눈을 감고 가만히 서 있으면 떠오르는 기억이나 감정이 있다. 그것에 몰입하다 보면 몸이 저절로 움직인다. 정해진 안무도 없고 움직임에 정답도 없다. 음악은커녕 침묵 속에서 움직이지만 내면에 몰입하면 잠자던 무언가가 깨어나고 몸은 그걸 표현하게 된다. 눈을 감은 채 알 수 없는 동작을 하고 있지만 무의식에 따라 움직이는 모습이 그 어떤 안무보다 멋진 춤같이 보이는 건 왜일까. 참가자들은 간혹 괴로워하기도 하고 울기도 하지만, 그걸 보면서 내 안에 어떤 상처와 기억과 직면하게 된다. 직면하는 것은 늘 고통스럽고 힘들다. 하지만 끝나고 나면 젖은 빨래가 햇살에 뽀송하게 마른 듯이 슬픔으로 축축했던 내 마음도 한결 가벼워졌다.

그날 나는 축축하고 무거운 마음으로 프로그램에 참가했다. 어떤 움직임이 튀어나올지 내심 걱정도 되었다. 내 차례가 되었다. 시작종이 울리고 나는 눈을 감고 몰입하면서 몸이 움직이기를 기다렸다. 하지만 내 몸은 움직이지 않았다. '아무것도 하기 싫어.' 이것이 내 진심이었다. 나는 그냥 한동안 우뚝 서 있었다. 얼마나 지났을까 갑자기 몸에 힘이 쭉 빠지며 몸이 절로 바닥으로 무너졌다. 바닥에 인형처럼 축 늘어져 앉아있다가 어느새 스르르 누워 새우처럼 등을 말고 웅크렸다. 웅크리니 마음이 편했다. 안전한 이 느낌. '이 느낌은 익숙한데? 이건 뭘까?'

나는 서서히 몸을 일으켜 세웠다. 몸은 묵직하고 느리게 나를 이끌었다. 두 팔이 천천히 움직이고 허공을 움켜 쥤다가 나를 토닥이듯 안아주었다. 두 다리는 슬픔을 매단 듯 천천히 움직였다. 알 수 없는 어떤 감정이 복받쳐 올라왔다. 감정이 격해질수록 내 움직임도 커지고 강해졌다. 그 순간 이곳에 나만 존재하는 기분이 들면서 마음 깊은 곳에서 치밀어 오르는 무언가를 느꼈다.

부글부글 끓어오르다가 '탁' 터져 나오는 감정. 나는 그 자리에서 통곡했다. 뱃속에서부터 나오는 깊고 슬픈 울음이 나를 꽁꽁 에워쌌다. 그제야 나는 내 마음이 뭘 이야기하는지 선명하게 알게 됐다. 안전하고 따뜻한 그 느낌. 그것은 바로 할아버지의 등이었다. 어린 내게는 그 등이 얼마나 넓게 느껴졌는지. 할아버지께 업힐 때면 나는 기세등등했고 세상에 무서울 게 없었다. 날 지켜주는 안전한 울타리 같았다. 하지만 이제 나의 울타리는 사라졌다. 어쩌면 이 상실감은 할아버지와 이별뿐 아니라 누군가의 보호를 받았던 어린 시절 나와의 이별이 아니었을까? 이제는 홀로 굳게 서야 한다고. 보호를 받던 내가 누군가를 보호할 줄 아는 어른이 되어야 한다고.

움직임이 끝나고도 눈물은 멈추지 않았다. 하지만 슬퍼서 우는 건 아니었다. 어느새 슬픔은 조금씩 옅어지고 그 자리에 감사와 사랑이 차지했다. 내가 받은 사랑이 얼마나 큰지, 내가 할아버지를 얼마나 사랑했는지 느껴졌다. 속이 후련했다. 마음을 다해 슬픔을 느끼고, 그리운 이를 기꺼이 떠나보냈기 때문일 것이다. 감정을 표현하기보단 절제에 익숙한 내가 몸으로 할아버지를 애도했다는 사실은 내겐 꽤 충격적이었다. 그 뒤로도 나는 여러 차례 몸으로 할아버지를 애도했고 시간이 흐르면서 차츰 이별을 받아들이게 되었다.

감정은 우리 삶의 일부라지만 나는 늘 삼키고 누르면서 살아왔다. 속으로 곪아가는 것도 모르고. 감정은 외면하고 억압한다고 없어지지 않는다. 고스란히 쌓였던 감정은 사라지지 않고 몸과 마음 어딘가에 남아 있다. 이유 없이 울적하거나 화낼 일도 아닌데 예민해진다면 만나지 못한 감정이 남아 있는 걸지도 모른다. 감당하기 어려운 감정이 몰아칠 때면 그 후로 나는 좋아하는 음악을 틀어놓고 몸이 이끄는 대로 움직인다. 그저 내몸이 이끄는 대로 '막춤'을 추다 보면 어느덧 감정은 흘러간다. 그럼 자연스레 내가 무엇을 느끼고 원하는지, 어떤 마음인지 알아차리게 된다.

우리의 춤은 감정을 담는다.
감정을 충분히 경험하면 가볍게 흘려보낼 수 있다.

몸 감

    계절이 여러 차례 바뀌고 어느덧 상담심리대학원 마지막 학기가 되었다. 상담심리대학원을 졸업하기 전에 다양한 프로그램을 경험하고 싶어서 그전에 해보지 못한 '동작치료 그룹 프로그램'을 찾아 신청했다. 프로그램이 진행되는 장소는 망원동 어디쯤이었다. 지하철에서 내려 경사진 좁은 골목길을 따라 한참 걸어 올라가다 보니 늦봄 더위로 등에는 땀이 흘렀다. 거기다 초행길에 길을 잃고 헤매는 통에 잔뜩 부아가 났다. '어휴, 하필 이렇게 외진 곳에서 할 게 뭐람.'

    한참을 헤맨 끝에 간신히 프로그램 장소에 도착했다. 하얀 페인트가 군데군데 벗겨진 허름하고 오래된 건물에 창을 덮을 만큼 큰 나무가 있었다. 녹슬어 무너질 것 같은 철제계단을 올라 강의실 문을 여는 순간 불평불만은 눈 녹듯이 사라졌다. 허름한 외관과 다르게 내부는 깔끔했다. 넓은 공간에 커다란 유리창으로 햇살이 쏟아지고 밖에 있는 나무들의 그림자가 강의실 나무 바닥에 드리워 따뜻하고 아늑한 느낌이었다.

'꼭 무용실 같네.'

참가자들이 삼삼오오 모여 스트레칭을 하고 있었다. 알고 보니 참가자들의 대다수가 현대무용수였다.

오늘 프로그램 주제는 몸과 마음의 연결이었다. 치료자는 간단하게 몸과 마음의 연결에 대하여 설명했다. 몸과 마음의 연결이 이루어지면 심리적으로도 안정되고 건강하다고 강조했다. 간단한 몸풀기 동작을 마친 후 우리는 지시에 따라 바닥에 누워 눈을 감았다. '바디 스캔'을 한다고 했다. 바디 스캔은 누워서 눈을 감은 채 몸을 스캔하듯이 느껴보고 알아차리는 일종의 명상법인데 나는 처음 해보는 프로그램이었다.

"손등"

치료자는 집중할 부위를 지시했다. 나는 지시대로 손등에 집중하려 했다.

'어, 손등? 손등이 어디 있지?'

마치 내 손등을 검은 장막으로 가려놓은 것 같았다. 아무리 집중해도 알아차리기는커녕 감각조차 느껴지지 않았다. 진짜 내 손이 없어지기라도 했나? 나는 슬그머니 눈을 떠 손등을 봤다. 직접 눈으로 보니 그제야 손등이 느껴지는 것이 아닌가!

"팔"

'팔? 아! 내 팔이 어디에 있지?'

이번에도 나는 내 팔을 알아차리지 못했고, 실눈을 뜨고 직접 팔을 확인하고서야 내 몸을 인식했다. 나는 바디 스캔을 하는 내내 몸 어느 한 구석도 알아차리지 못했다. 충격이었다. '몸과 마음의 연결이 끊긴 사람이 나였다니.'

낙심할 새도 없이 다음 프로그램이 이어졌다. 두 사람씩 짝을 지어 손을 잡은 상태로 한 사람이 리더가 되고 리더가 이끄는 대로 따라서 움직이면 되었다. 정해진 동작 없이 떠오르는 어떤 움직임도 괜찮았다. 나의 짝은 호리호리한 몸매의 남자였다.

"제가 먼저 리드 할게요."

이 프로그램에 경험이 많아 보이는 그가 먼저 손을

내밀었다. 그 순간 나는 그 사람의 움직임에 매료됐다. 단순히 손을 내밀었을 뿐인데 마치 춤의 한 동작처럼 느껴졌다. 곧 강의실에 뉴에이지풍 음악이 흘렀다. 그는 음악에 맞춰 천천히 부드럽게 몸을 움직였다. 나란히 서서 앞으로 갔다가 뒤로 가는 단순한 동작이었지만 그의 동작은 매우 섬세했다. 한쪽 팔을 들어 나비처럼 휘저었다. 얼마나 섬세한지 그는 손가락 끝까지 신경이 예민하게 살아 있는 듯 보였다. 어느새 나는 그의 움직임을 감상하느라 내 움직임은 안중에도 없었다. 그는 몸에 모든 세포 하나하나까지 느끼고 움직이는 것 같아 신비로워 보였다. 그의 동작들은 우아하게 이어져 하나의 '선'이 되었다.

"움직임이 굉장히 섬세하네요. 어떻게 하면 그렇게 움직일 수 있나요?"

"몸 감이죠."

"몸 감이요? 저는 바디 스캔을 할 때도 전혀 느끼지 못하겠던데요."

"처음에는 저도 그랬어요. 우리는 몸과 마음이 하나란 걸 잊고 사니까요."

프로그램이 끝난 후에도 그의 말이 계속 맴돌았다.

'몸 감' 몸을 알아차리는 감각이라니 살면서 전혀 생각해 본 적이 없었다.

사람의 뇌는 마음이 아플 때면 실제로 몸이 상했을 때와 같은 부위가 활성화 된다고 한다. 몸이 아프면 마음에 영향을 주고, 마음이 아플 때면 몸에도 영향을 준다는 것이다. 그동안 나는 몸과 마음의 연결이 되지 않아서 작은 일에도 쉬이 지쳤던 것이 아닐까? '몸 감이 좋은 사람'은 결국 자신에게도 솔직하고 진솔하게 대할 수 있지 않을까. 내가 어떤 감정인지, 어떤 욕구가 있는지 정확히 알고 표현할 수 있는 사람이라면 자기 삶의 중심을 잡고 살아갈 수 있지 않을까. 그날 이후로 그의 움직임은 내 마음에 각인되었고, 나도 언젠가는 그 사람처럼 섬세하게 몸을 느끼고 쓰고 싶다는 소망이 생겼다.

A4용지를 쌓듯이

대학원을 졸업하고 나는 모든 사회 활동을 멈췄다. 명목은 시험관 아기 시술에 집중한다는 것이었다. 내게는 휴식이 필요했다. 그동안 학업과 상담 수련에 시험관 아기 시술을 동시에 하다 보니 많이 지친 상태였다. 쉬면서 몇 차례 시험관 시술을 시도했지만 결과는 좋지 않았다. 그러던 중 어느 순간부터 집에 있는 옷들이 줄어들기 시작했다. 급기야 입을 옷이 없어지자 그제야 나는 옷이 줄어든 게 아니라 내 체중에 변화가 있다는 걸 알게 됐다. 무려 10kg이나 야금야금 불어 있었다. 살이 찌니 우울했다. 아니, 우울해서 더 살이 찌는 건가. 바뀐 몸매는 적응한다 치더라도 건강이 문제였다. 건강

지표에 적신호가 왔다. 의사 선생님은 운동할 것을 강하게 권했다.

사십 대가 되면서 그렇지 않아도 여기저기 아팠던 터였다. 나도 더 이상 운동을 미룰 순 없다고 생각했다. 춤은 춰봤어도 운동은 처음이라 무슨 운동을 해야 할지부터 난감했다. 검색해 보니 나이 들수록 '근력 운동'을 해야 한다고 했다. 마침 1월 1일, 새해를 맞아 집 앞 헬스장은 할인 행사를 했고, 할인이란 말에 유독 약한 나는 덥석 등록하고야 말았다.

생전 처음으로 가 본 헬스장은 그야말로 별세계였다. 복잡하고 무거워 보이는 운동기구들, 그 앞에서 멋진 근육을 뽐내는 사람들! 열정적인 분위기가 마음에 들었다. 나는 즐비하게 늘어진 기구들을 구경했다. 그런데 도무지 어떻게 쓰는 건지 몰랐다. 눈치껏 다른 사람들이 하는 걸 보고 제일 쉬워 보이는 기구에 앉았다. 손잡이를 잡고 앞으로 쭉 밀어 올렸다가 잡아당기길 반복할 때 지나가던 남자가 말을 걸었다.

"오늘 처음 오셨나요? 음, 그건 그렇게 하는 게 아닌데. 제가 알려드릴까요?"

키가 크고 근육이 멋진 남자는 헬스 트레이너 한 선

생님이었다. 한 선생님은 친절하게 기본적인 운동 몇 가지를 알려줬고, 나는 정식으로 PT를 받기로 했다.

수업 첫날, 몇 가지 동작을 시켜본 선생님이 의미심장하게 말했다.

"회원님은 운동할 수 있는 상태가 아니에요."

'운동할 수 있는 상태가 아니라고?'

선뜻 이해되지 않는 말 같았지만, 동시에 너무 분명하게 이해되는 말이기도 했다. 기초체력이 너무나 형편없었기 때문이다. 한 선생님은 몇 달 동안 내게 맨몸 운동만 시켰다. 남들처럼 무거운 덤벨을 드는 것도 아닌데도 얼마나 힘들던지. 내 몸이 이렇게 무거울 줄이야.

나는 매일 성실하게 헬스장으로 출석했다. 솔직히 가기 싫은 날이 더 많았지만 40대는 살기 위해 운동한다고 하지 않은가. 나도 같은 심정이었다. 살기 위해 어쩔 수 없이 해야 한다고. 그렇게 6개월이 지나고 본격적으로 근력 운동을 하나씩 배웠다. 역시 운동은 내겐 만만치 않았다. 한 선생님은 움직여야 할 근육을 집어 주었지만 감이 없는 나는 근육을 느끼지 못해 제대로 할 수 없었다.

"엉덩이 근육을 쓰세요. 복부에 힘 풀지 말고!"

스쾃할 때도 데드리프트할 때도 나는 써야 할 근육을 쓰지 못했다. '바디 스캔'을 했을 때처럼 몸을 느끼지 못했다. 혼자 연습할 때면 어김없이 자세가 틀리고 다치기까지 했다. 배운 운동은 집에서 노트에 정리도 하고 영상도 보며 연습했지만 도통 감을 잡을 수 없었다. 몇 달 동안 나는 전신 근육통에 시달리며 스스로 자책했다.

'난 헬스와 맞지 않는 사람인가 봐.'

"선생님 왜 이렇게 몸 감이 없을까요?"

나의 하소연에 한 선생님은 확신에 찬 목소리로 말했다.

"도시를 만들 때 가장 먼저 하는 일이 뭐죠?"

"글쎄요. 땅을 고르고 길을 만드는 거 아닐까요?"

"맞아요. 길, 즉 도로를 깔고 그다음에 건물을 세우죠. 우리 근육은 건물과 같아요. 지금 회원님은 도로를 깔고 있는 단계이고요. 혈관과 신경이 충분히 튼튼해져야 근육이 만들어진답니다."

한 선생님의 명쾌한 설명 덕분에 내 몸에 쉬이 바뀌지 않는 이유를 단번에 이해했다.

'그래, 내 몸은 황무지 그 자체니까. 건물을 세우려면 시간이 걸리는 거지.' 그 후로 나는 운동과 함께 식단을 병행하기 시작했다.

채소를 색깔로 구분해서 한 끼에 최소 두 가지 채소를 먹고 탄수화물과 단백질은 손바닥만큼 먹기로 했다. 간식은 좋아하는 견과류와 토마토를 먹었다. 식단을 바꾸고 운동을 지속하자 제일 먼저 변한 건 건강 상태였다. 주기적으로 하는 피검사에서 콜레스테롤과 갑상선 수치가 정상이 되었다.

'나는 내 몸을 어떻게 관리해야 하는지 몰랐구나.'

중년이 되어서야 내 몸에 소홀하고 무지했음을 알게 되었다. 건강에 좋은 음식을 먹고 운동하는 게 좋은 건 줄 누구나 알지만 구체적으로 뭘 어떻게 먹고 어떻게 운동해야 하는지 잘 알지는 못한다. '젊었을 때부터 잘 돌봤으면 얼마나 좋았을까?'

운동을 꾸준히 한 지 3년이 지나면서 외적인 변화가 눈에 띄기 시작했다.

"예전보다 혈색이 좋아 보여. 건강해진 것 같아."

오랜만에 만나는 지인마다 달라진 내 모습을 칭찬했다. 운동의 매력은 그뿐만이 아니다. 운동할 때 근육에만 집중하다 보면 명상하듯 마음이 차분해진다. 도파민이 솟아 기분이 좋아지고 활력이 생긴다. 나는 운동의 매력에 푹 빠졌다.

하지만 성격 급한 나는 종종 선생님께 하소연하기도 했다.

"전 근육량이 왜 안 늘까요?"

외형적으로 몸은 변했어도 체성분 검사 결과는 항상 불만족이었다. 근육량이 고작 병아리 눈물만큼 늘었기 때문이다.

"회원님, 근육은 A4용지 쌓는 거랑 같아요. 몸에 얇은 종이 한 장씩 붙인다고 상상해 보세요."

선생님의 기막힌 설명에 고개가 절로 끄덕여졌다.

"사람마다 타고난 근육이 다릅니다. 보통 몇 년 동안 운동해야 눈에 띄게 아름다워지는지 아세요?"

나는 고개를 갸웃거리며 내 기준에서 최대한 잡아 말했다.

"음, 5년이요?"

"아닙니다. 10년입니다. 사람 몸은 10년 동안 꾸준히 운동해야 그 사람의 가장 멋진 모습이 나온답니다."

선생님은 기간도 목표도 정하지 말고 평생 할 마음으로 운동하라고 조언했다.

"몸을 조금씩 쌓아가는 겁니다. 'Body Building' 바로 그 말처럼요."

보디빌딩, 몸을 쌓는다니! 이것이야말로 장인 정신이지 않을까?

오랜 시간을 들여 탑을 쌓듯이 공들여 몸을 만들어 간다는 말을 마음에 새겼다. 헬스장에서 만나는 70대, 80대 회원님들은 나보다 더 강한 근력을 유지하고 있다. 호기심에 언제부터 운동했는지 물어보면 하나같이 40년 가까이 되었다고 말했다. 비결을 물어보면 역시 '꾸준히 하는 것' 뿐이다.

이제 나는 새로운 목표가 생겼다. 70, 80대에도 내 몸 무게의 절반 무게는 들 수 있는 근력을 유지하는 것이다. 몸짱 할머니까진 아니어도 장바구니도 번쩍 들고 허리도 꼿꼿한 할머니가 되고 싶다. 오늘도 나는 몸을 쌓고 있다. 그나저나 이놈의 A4용지는 언제 두꺼운 도화지가 되려나?

화양연화

'미안합니다. 이번에도 안 되었네요.'

나는 지난 4년 동안 일곱 번의 시험관 시술을 했다. 애석하게도 결과는 늘 실패였다. 실패가 반복되어도 씩씩하게 다음 시술을 준비했건만 나의 인생 마지막으로 시도한 시험관 결과는 받아들이기가 힘들었다. 이제는 정말 아이를 가질 수 있는 기회가 없다는 걸 알았기 때문이다. 나는 자신감도 자존감도 떨어지면서 언제부터인지 나도 모르게 입버릇처럼 '나이 탓'을 하기 시작했다.

"내 나이에 무슨."

자조적인 말이었지만 나이 탓을 하면 그나마 위로가 되는 것 같았다. 하지만 자조 섞인 위로는 헛헛함까지 달래주진 못했다. 시간이 갈수록 마음은 더 작아져만 갔다. 말이 씨가 된다지 않는가. 반복되는 말은 무의식에 자리 잡아 내 삶도 무기력하게 변화시켰다. 하루는 집 앞 한강 공원을 산책하는데 산책로를 따라 노란 꽃이 줄지어 피어 있었다.

'이 겨울에 개나리가 핀 거야?'

내 눈을 의심했지만 분명 노란 개나리꽃이었다. 앙상한 가지 사이로 노란 개나리가 얼굴을 내밀고 있었다. 겨울인데 개나리가 핀다고? 계절을 착각한 개나리를 딱한 눈으로 쳐다보다 문득 한숨을 뱉었다.

'이 꽃이 꼭 나 같은걸. 때를 맞추지 못하는 건… 나랑 똑같네.'

'40대라 확률이 낮아요.' '40대니까 아무래도 배아 질이 좋지 않죠.' 병원에서 이런 이야기를 들을 때마다 나는 내 나이와 늦은 결혼을 탓했다. 겨울에 피어버린 개나리처럼 때를 못 맞췄다고. 그래서 좋은 기회를 영영 놓쳐 버렸다고 한탄했다. 울적한 마음으로 산책을 마치고 집으로 돌아오면서 문득 나태주 시인의 《작은 것들을 위한 시》가 떠올랐다.

'화양연화'

누구나 꽃처럼 아름다운 시절이 있지만 그걸 알아차리지 못하고 지나 보낸 후에야 한탄한다는 시가 내 마음에 울렸다. 내 뜻대로 되지는 않았지만 충분히 행복할 수 있는데 나는 왜 그렇게 상심만 하고 있을까.

'어쩌면 지금이 나의 화양연화일지 몰라. 개나리도 마찬가지일 수도 있지.'

개나리는 기후 변화에 잘 적응해 꽃 피울 시기를 영민하게 바꾼 걸지도 모른다. 자신의 화양연화를 스스로 선택하고 즐기고 있다고 생각하니 개나리가 기특했다.

'내 나이에 무슨'이라는 말 대신 '지금이 나의 화양연화다'라고 되뇌기로 했다. 지금이 내 인생에 꽃피는 시절이라고 마음을 바꿨다. 생각을 바꾸고 나자 차츰 마음이 바뀌었다. 움츠러들었던 마음도 조금씩 달라지기 시작했다.

'그래, 다시 춤을 추자! 춤은 분명 나의 화양연화를 더 찬란하게 만들어 줄 거야.'

지난 육 년 동안 나는 춤을 잊고 살았다. 부끄럽지만 솔직히 '나이 탓'을 하는 동안 춤은 이제 내게 맞는 취미가 아니라고, 춤을 취미로 하기에는 이젠 너무 나이가 많다는 어처구니없는 생각에 빠져 있었다. 나는 다시 춤을 배우기로 마음먹었다.

그날 개나리를 바라보는 시선을 바꾸지 않았다면, 어쩌면 나는 여전히 '나이 탓'만 하는 우울한 40대를 살고 있을지도 모른다. '나이 탓'만 하고 있었다면 내 삶에 어쩌면 다시는 춤은 없었을지도 모른다. 삶의 기쁨까지도.

뜻밖의 선물, 엉덩이 태극권

우연일까? 내가 다시 춤을 배우기로 결심하자마자 '안홍시 오리엔탈 댄스 아카데미' 홍시 선생님에게서 연락이 왔다.

"평일 점심에 중급반 오픈했어요. 오실래요?"

이건 필시 운명이다. 마음이 변해 다시 주저앉을까 봐 한달음에 달려가 등록했다. 홍시 선생님은 오리엔탈 댄서로 유명한 분이다. 결혼식 직후 신혼집에서 가까운 학원을 찾아간 곳이 '안홍시 오리엔탈 댄스 아카데미' 였다. 비록 두어 달 다녔을 뿐이지만 그때 인연이 지금까지 이어 오고 있었다.

다시 춤을 배울 생각에 설레는 마음으로 첫 수업을 기대하고 있었다. 그런데 전 세계에 퍼진 '코로나19'가 우리나라에도 발생했다는 뉴스가 연신 보도되었고, 우리 삶은 순식간에 멈춰버렸다.

"어쩌죠? 모두 수강을 취소했어요." 홍시 선생님이 내게 말했다. 나는 왠지 이번 기회를 놓치면 다시 주저앉을 것만 같아 절박한 심정이 되었다.

"선생님, 저는 하고 싶습니다."

선생님은 감사하게도 한 명뿐인 수강생을 내치지 않았다. 둘이 하는 수업은 오붓하고 좋지만 뭔가 흥이 나지 않았다. 홍시 선생님도 같은 마음이었을까. 뜻밖의 제안을 하셨다.

"요즘 제가 태극권을 배우고 있는데요. 조금 가르쳐 드릴까요?"

'태극권? 중국 공원에서 어르신들이 춤추듯 움직이는 집단체조?'

부드러운 움직임이 무슨 운동 효과가 있는지 의심스러웠지만 선생님이 태극권은 몸에 아주 좋은 운동이라며 칭찬을 늘어놓자 속는 셈 치고 배워보기로 했다.

우선 몸풀기로 태극권 기본동작을 배웠다. 부드럽고

살랑거리는 동작이 얼핏 단순해 보였지만 절대 만만한 운동이 아니었다. 생각보다 하체 근육이 상당히 필요했다. 홍시 선생님은 오리엔탈 댄스에 도움이 될 수 있는 운동, 즉 '힙 라인'을 살리면서 탄력을 주는 동작 위주로 가르쳐주었다. 그리고 '애플힙'이 될 수 있다는 선생님의 말씀에 귀가 솔깃해져 괜히 태극권이 좋아졌다.

그 뒤에 학원에서 국장을 맡고 있는 감귤 선생님이 합류한 덕분에 태극권에 몰입한 멤버는 3명으로 늘어났다. (사실 태극권은 엉덩이 라인을 만드는 것과 무관하다. 하지만 우리 셋은 엉덩이에 유독 집착했다.)

우리의 '엉덩이 태극권' 열정은 뜨거웠다. 집합 금지 기간엔 줌을 연결해 함께 태극권을 연마했다. 재택근무하는 남편이 거실에서 태극권 수업에 참여하고 있던 날 발견하고 쯧쯧거릴 때면 좀 창피하긴 했다. 진지하게 몰입해서 동작을 따라 하는 중이었지만 사실 그냥 보면 조금 우스꽝스러운 모양새인 것도 사실이니까. 나도 모르게 피식피식 웃음을 흘리는 것을 본 남편이 한마디 덧붙였다.

"쯧쯧, 그렇게 좋아?"

남편의 반응이 영 마음에 들지 않았지만 나는 개의치

않았다. 나에게는 아주 특별한 수업이었으니까.

　나는 코로나19로 삶이 멈춘 일 년의 시간을 이렇게 보냈다. 사회적 거리두기로 바뀐 일상의 긴장감과 스트레스를 선생님들과 태극권을 연습하며 견뎌냈다. 당시 나는 마지막 시험관 아기 시술 중이었는데 정신적으로나 육체적으로 많은 도움이 되었다. 원하던 춤은 아니었지만 내게 태극권은 어쩌면 당시로는 최선이었는지도 모른다.

　인생은 참 오묘하다. 생각하지도 못한 방향으로 인생이 흘러가 뜻밖의 경험을 하기도 하니까. 상황이 계획대로 가지 않으면 불안하고 짜증이 나기 마련이지만 내가 어찌하지 못할 때는 인생에 몸을 맡겨보는 것도 좋겠다. 어디론가 좋은 곳으로 날 데려갈 거라고 믿는 거다. 훗날 돌아봤을 때 뜻밖의 경험이 바로 커다란 선물이었음을 알게 될지도 모른다. 뜻밖에 배운 '엉덩이 태극권'처럼.

예술, 삶의 한 부분으로써

　가을이 깊어져 갈 때였다. 우이동에 있는 수도원에 계신 베드로 신부님을 뵈러 갔다. 베드로 신부님은 상담심리대학원 동기로 나의 혼인 미사를 집전해준 분이다. 오래된 수도원은 신부님의 손길을 거쳐 새 단장을 막 끝냈을 무렵이었다. 신부님의 예술가적 면모 덕분에 멋진 그림과 조각이 채워졌고, 주변 자연까지 더해져 수도원은 그야말로 멋진 작품처럼 근사했다. 신부님은 수도원 이곳저곳을 거닐며 작품 설명을 해주었다.

　"이 조각은 창고에 오래도록 방치되어 있던 겁니다."

　"야외의 조각은 지역 예술가가 심혈을 기울여 만든 작품이에요."

"이 십자가는 공사하면서 나온 폐기물과 쓰레기로 만들었어요."

"이 그림은 신자분이 그린 겁니다."

나는 줄곧 예술이란 대단한 사람들이 하는 것이고 예술 작품이란 일상과 먼, 특별한 무언가라 생각했다. 하지만 수도원에 있는 작품들은 모두 그 지역 작가들의 작품이었고, 유명 작품이 아님에도 하나같이 내 마음을 울렸다. 세상에 널리 이름을 알리지는 못했으나 평생 작품 활동을 하는 예술가가 이렇게 많다는 것이 인상적이었고, 업으로 삼지 않아도 작품 활동하며 사람들에게 울림을 주는 사람들이 많다는 것도 알게 되었다.

예술의 예(藝)는 본래 '심는다'란 의미로 기능과 기술을 의미하고, 술(術)은 '나라 안의 길'이란 뜻으로 문제 해결과 과제를 능숙하게 한다는 의미라고 한다. 예술이 뭘까? 프로가 하면 예술이고, 아마추어가 하면 취미일까? 아름다움과 기술이 결합해 즐겁게 해주는 행위? 혹은 재창조하는 작업? 예술을 한마디로 정의하는 것은 불가능에 가깝다. 사람마다 예술의 정의와 범위가 다르기 때문이다.

언젠가 인사동에서 본 탭댄스 공연이 떠오른다. 유동

인구가 많은 길가를 지나 공터에 앉아 쉬고 있었다. 어떤 남자가 옆구리에 발판 같은 걸 끼고 오더니 작은 앰프를 설치했다. 남자는 조용히 신발을 갈아 신고 한 평 남짓한 발판 위로 올라갔다. 나는 그때까지도 그가 무엇을 할지 전혀 감을 잡을 수 없었다.

호기심에 남자의 행동을 주시하기 시작했다. '저 사람 신발 특이하네. 저 발판은 뭐지?' 음악이 나오고 남자는 준비 동작도 없이 몸을 움직이기 시작했다.

'탁 다다닥 탁탁'

현란한 발동작이 경쾌한 소리를 냈다. 탭댄스를 실제로 본 건 처음이었다. 발로 발판을 치는 단순한 행위가 예술이 될 줄이야. 함께 있던 지인도 넋을 잃고 탭댄스에 빠져들었다.

나는 그의 현란한 기교보다 춤에 완전히 몰입한 모습에 매료되었다. 마치 춤과 하나가 되어버린 느낌, 그야말로 무아지경에 빠진 모습 말이다. 급기야 그는 사라지고 음악이 들어와 그의 몸으로 연주하고 있는 기분마저 들었다.

'우와, 몸으로 연주한다는 것이 저런 모습이구나.'

즉흥적으로 악기를 연주하듯 그의 몸은 음악을 타고

자유롭게 움직였다. 어느새 관객이 늘었고 박수 소리도 함께 커졌다. 주변의 소란스러움에도 그의 집중력은 전혀 흐트러지지 않았다. 마치 관객이 보이지 않는 듯이 춤에만 몰입했다. 셔츠가 다 젖도록 한바탕 춤을 춘 그는 처음 입장했을 때처럼 아무 말 없이 장비만 챙겨 사라졌다.

"저 사람 춤 진짜 끝내준다."

관객들은 아쉬워하며 오랫동안 박수를 보냈다. 함께 온 지인은 인생 최고의 탭댄스였다고 극찬했다.

"저게 예술이지. 예술은 자아도취 상태가 아니야. 깊은 몰입, 무아지경 상태지. 그러려면 자아가 비켜줘야 해. 도취가 된 상태는 자아가 꽉 찬 상태라고."

지인이 한껏 고조된 목소리로 말했다. 기술은 뛰어나도 자아도취가 심하면 사람들에게 감동을 주기가 어렵다. 그런 의미에서 그날 우리가 본 춤은 예술이었다.

'나도 예술 해볼까?' 요즘 슬그머니 욕심이 생긴다. 글쓰기와 춤을 업으로 할 건 아니지만 꾸준히 기술을 닦아 사람들 마음에 닿고 싶다. 이미 나이를 먹어서 대단한 기술을 쌓기엔 늦었을지 모른다. 대중의 사랑을 얻는 건 어려울 테지만 한 사람의 마음을 사로잡는 거라

면 가능하지 않을까? '아니다. 그것도 욕심이다.' 그냥
자아도취에서 벗어나는 걸 목표로 하자. 수도원에 전
시된 작품의 작가분들처럼 삶의 한 부분으로 나도 쭉~
'예술' 하고 싶다.

그녀만의 연습법

한 해가 지나고 코로나19가 점차 수그러들면서 우리는 일상을 조금씩 회복해 나갔다. 비록 마스크는 여전히 쓰고 있지만 세상이 다시 돌아간다는 것만으로도 기뻤다. 그리고 '엉덩이 태극권' 대신에 진짜 오리엔탈 댄스를 다시 배울 수 있게 되었다. 나의 춤 동반자 장미까지 '안홍시 오리엔탈 댄스 아카데미' 중급반 수업에 합류했다. 내성적인 나는 회원들과 빨리 친해지진 못했지만 늘 눈길이 가던 사람이 있었는데 딸기 언니였다. 딸기 언니는 수업 시간에 늘 발레 튀튀같이 망사로 된 치마를 입고 있었는데 나이를 가늠할 수 없는 우아한 아우라가 풍겨 눈길이 갔다. 활발한 성격의 장미가 금방 딸기 언니와 말을 터서 우리는 좀 더 편한 사이가 되었다.

마스크를 벗은 딸기 언니를 처음 봤을 때 우리는 깜짝 놀라지 않을 수 없었다. 내 또래로만 보였는데 놀랍게도 언니는 60대였다. 언니는 빼어난 미모뿐 아니라 운동신경이 남달라 춤도 빨리 배웠다. 어릴 때 시작만 했어도 발군의 실력을 갖춘 무용수가 되었을 것이다.

하지만 완벽해 보이는 그녀에게도 단 하나의 단점이 있다면 바로 힘없는 하체와 체력이었다. 턴을 돌다 비틀거리기 일쑤요, 체력이 저하되면 확연히 기력이 떨어졌다. 그런 그녀가 변한 건 대회 준비를 하면서부터였다. 인생에 춤 대회는 없다던 그녀가 일단 마음을 먹고 나자 놀랄만한 성장을 거듭했다. 한 달도 채 되지 않아 하체 힘이 좋아지더니 안정감 넘치는 동작을 선보였다.

그녀의 변화에 놀라 물었다.

"언니, 비법이 뭐예요?"

"이번 대회가 내게는 어떤 의미인지 생각해 봤어."

언니는 진지하게 이야기를 이어갔다.

"상은 못 받아도 돼. 무대에서 틀려도 돼. 그건 중요하지 않아."

이번 대회에서 언니는 자신이 오리엔탈 댄스란 춤에

대해 얼마나 이해하고 있는지, 기본기를 얼마나 탄탄히 쌓았는지를 보여주고 싶다고 했다. 그거면 충분하다고.

"나는 선택과 집중을 했어."

언니는 연습실에서 연습하는 시간에만 집중하고 그 외에 시간에는 대회를 생각하지 않았다고 했다. 집에서는 충분히 쉬고 편안한 음악을 들으며 마음을 다잡았다고 했다.

"그리고 몸을 만들어야겠다고 생각했어. 동작이 안정되려면 기초체력과 유연성이 있어야 하잖아."

언니는 연습뿐 아니라 스트레칭과 마사지를 하고 식단도 바꾸고 하체 힘을 기르기 위해 걸을 때도 엉덩이와 발바닥에 힘을 주고 올바른 자세로 걸으려고 노력한다고 했다.

'연습을 일상 속으로 가져온다는 건 바로 저런 거구나. 연습실에 머무는 시간이 길다고 연습을 많이 하는 것도 아니지. 그녀처럼 쉴 때는 푹 쉬어야 해.' 그녀의 말에 큰 깨달음을 얻었다.

몇 주 지나지 않아 딸기 언니의 춤이 달라졌다. 물론 타고난 재능도 있지만 스트레스 관리와 체계적인 연습이 그녀의 춤을 바꾸고 성장시키는 비법이 아닐까.

어느 날 연습이 끝나고 땀에 젖은 머리칼을 휘날리며 들어오는 딸기 언니에게 넌지시 물었다.

"언니 재밌어요?"

발그레한 볼에 눈을 빛내며 언니가 말했다.

"어. 힘든데도 너무 재밌어."

생기가 도는 딸기 언니는 아름다웠다. 대회를 준비하는 언니는 깊이 몰입했고 행복해 보였다. 공연을 준비하며 시들어 갔던 과거 나의 모습이 떠올랐다. 나는 무리한 연습으로 탈진했으나 그녀는 즐기고 있었다.

언니의 열정은 단순히 좋아하는 것을 즐기는 것만은 아니었다. 시간과 에너지, 정성을 쏟는 대상을 귀하게 여기고 고마워했다. 혹자는 취미 생활을 너무 진지하게 즐기는 것 아니냐고 말할 수 있겠지만 나는 그녀가 완벽한 몰입과 절제의 균형을 맞추며 살아가고 있다고 믿는다.

나는 딸기 언니로부터 균형 잡는 방법을 배웠다. 도전은 압박감을 느끼기 마련이지만 '할 때'와 '쉴 때'를 구분하며 삶의 균형을 깨지 말아야 함을 알게 되었다. 급한 마음에 무조건 열심히 달리기만 했던 내게는 귀한 가르침이다.

장비빨, 나의 취향을 찾은 기회

어릴 때 우리 다섯 식구는 좁디좁은 집에 살았다. 짐은 많고 집은 좁지, 테트리스처럼 물건을 쌓는 바람에 좁은 집은 늘 갑갑한 상태였다. 그때의 기억 탓에 나는 물건이 많은 공간을 싫어한다. 결혼한 후에도 최소한의 물건만 두고 살았다. 우리 집을 방문하는 손님들 모두 눈을 휘둥그레 뜨며 묻기 일쑤였다.

"혹시 짐을 아직 다 안 풀었어?"

"이렇게 물건 없이 어떻게 살아?"

그럴 때마다 나는 칭찬이라도 들은 듯 뿌듯했다. 성인이 된 후에 줄곧 돈을 모아야 한다는 생각에 늘 소비를 줄였고, 한창 멋 부릴 20대에도 사계절 옷 전부를 합쳐 상자 하나면 족했다. 결혼 후 살림을 합칠 때 단출한 내 옷가지를 보고 남편은 고개를 갸웃거리며 말했다.

"남들은 부인 옷이 많아서 남편 옷을 놓을 데가 없다던데. 옷을 좀 사는 게 어때?"

나는 남편이 그런 말을 할 때마다 한 귀로 흘렸다. 오랫동안 고수한 나의 라이프 스타일을 굳이 바꿀 마음이 없었다. 하지만 이런 내가 변하게 된 계기가 생겼다. 바로 안홍시 오리엔탈 댄스 아카데미를 나가면서였다.

수업 시간에 매번 같은 옷을 입는 나와 달리 장미는 늘 새로운 의상을 입고 연습실에 나타났다. 장미가 등장하기만 하면 칙칙했던 분위기가 단박에 화사해졌다. 어느새 회원들 모두 앞다투어 그녀를 따라 새 의상을 마련하기 시작했다. 알록달록 반짝이는 의상들 틈에서 굳건할 것 같던 내 마음도 살짝 흔들렸다.

"지영아, 너도 장미처럼 예쁘게 입어봐!"

어느 날 딸기 언니가 '교복' 같은 내 옷을 가리키며 말했다.

"그, 그럴까요?"

나도 모르게 흘러나온 말에 언니 얼굴이 환해졌다.

"여자가 제일 아름다울 때가 언제인 줄 알아?"

"20대요?"

"20대는 그냥 꽃이고. 30대, 40대에 자기만의 스타일과 원숙미가 뿜어져 나오는 시기야. 생각보다 젊음은 짧다."

'젊음은 짧다'란 말이 내 마음을 흔들었다. 그렇지 않아도 40대 중반이 되니 나의 20대와 30대가 후회스러웠던 참이다. 나의 20대는 너무 진지했다. 조금은 철없이 살아봤더라면 재밌었을 텐데. 아끼는 데만 집중하다 보니 어느새 마흔이 훌쩍 넘었지만 정작 나의 취향이 무엇인지 알지 못했다. 이대로 오십 대가 되면 나는 또 후회할 것 같았다.

그날 이후, 나는 때와 장소에 맞는 옷부터 장만했고, 장미의 도움으로 다양한 연습복을 직구로 구매했다. 덕분에 이전에는 경험하지 못한 묘한 설렘을 종종 느끼곤 했다. 매 수업 시간에는 어떤 연습복을 입을지 고민하는 것이 즐거웠고, 평생 입어보지 않았던 새로운 스타일에 도전하는 것도 좋았다. 쇼핑은 일상에 즐거움을 줄 뿐 아니라 나의 취향과 내게 어울리는 걸 찾는 기회이기도 했다. 내게 어떤 색이 어울리는지, 어떤 스타일이 잘 맞는지, 내 취향은 무엇인지 조금씩 알아갔다. 마치 새로운 나를 알아가는 과정 같았다.

"어머, 지영아! 화사하니 예뻐!"

연습복을 잘 차려입으니 딸기 언니도 회원들도 칭찬을 아끼지 않았다. 남편은 내가 새 옷을 살 때마다 잘했다고 더 사라며 격려했고, 십 년을 봐온 장미는 내가 옷차림에 신경 쓰자 반가워했다.

"언니, 매일 같은 옷만 입어서 내가 언니 옷을 다 외울 지경이었다고."

지인들, 가족들까지 호응과 칭찬을 하자 자신감도 올라갔다. 나는 그제야 사람들이 장비빨에 집착하는 이유를 온몸으로 체득했다. 낭비라 생각했던 옷을 사는 일이 활력소가 될 줄이야! 미니멀 라이프에 대한 집착이 삶의 작은 즐거움을 막아섰다는 것도 덩달아 깨달았다. 정리의 여왕, 곤도 마리에는 버릴 물건과 간직할 물건의 기준을 간단히 설명했다.

'설레지 않는 물건은 과감히 버려라.'

이는 무소유만 고집할 것이 아니라 소비의 기준을 바로 세우고, 현명하게 소유하라는 뜻일 것이다. 나는 여전히 공간의 여백을 즐긴다. 대신 고심해서 고른 물건들로 제한된 공간을 채운다. 취미 생활에 장비부터 갖

추는 사람들을 비웃던 내가 이제는 취미를 시작하는 사람들에게 말한다.

'취미는 장비빨이야!'

비록 지갑은 조금 가벼워졌지만 삶의 양념 같은 즐거움을 맛볼 수 있으니 이 얼마나 좋은가.

음악이 춤을 만든다

　나는 음악을 즐겨 듣는 편이 아니었다. 학창 시절, 친구들은 좋아하는 가수에 푹 빠져 팬클럽에 가입하기도 하고 팝송이나 록에 빠져 자기만의 음악 취향을 만들어 갔지만 나는 좋아하는 가수도, 음악 장르도 없었다. 그런 내가 음악을 듣게 된 건 춤을 배우면서였다. 처음 빠졌던 음악은 당연히 '아랍 팝'이었다. 왕초보 시절 나의 첫 번째 오리엔탈 댄스 안무는 샤키라의 <Whenever, Wherever>였다. 나는 이 곡을 듣는 순간 얼마나 흥이 나던지 오리엔탈 댄스에 흥미가 생겼을 정도였다. (샤키라 곡은 아랍 팝이 아니다.) 그 뒤로 안무를 배우는 족족 나의 플레이리스트에 곡을 추가했다. 다양한 춤을 배우면서 나의 플레이리스트는 다채로워졌고, 클래식부터 아랍 팝까지 '내가 배운 춤 음악'이 곧 취향이 되었다.

"어떻게 춤을 배우게 되었어요?"

춤을 배우는 사람들끼리 가장 많이 하는 질문이다. 재밌게도 가장 많은 대답은 바로 '노래가 좋았어'였다. 나처럼 감귤 선생님도, 망고 언니도 오리엔탈 댄스에 빠진 계기가 음악이었다고 했다.

아랍 팝을 좋아하는 망고 언니의 말을 빌리자면 2000년대에는 튀르키예계 독일 이민자 가정 출신인 타칸(Tarkan)이란 가수 음악도 많이 사용했다. 대표곡 중 하나인 타칸의 <Kiss Kiss>는 오리엔탈 댄스 초급반 안무 필수였던 기억이 난다. 내가 강사 자격증 시험 볼 때는 레바논 출신 가수 낸시 아즈람이 인기여서 <Yatab tab>, <Aah W noss>란 곡으로 안무를 배웠던 기억이 있다. 가끔 싸이의 <챔피언>처럼 신나는 가요에 맞춰 춤을 추기도 했다.

"오리엔탈 댄스를 배우는 사람이라면, 엔타옴니(Enta Omry)를 알아야지. 표면적으로는 사랑 노래지만 이집트의 상황을 노래한 전설적인 가수야."

망고 언니 소개로 엔타옴니를 들었지만 이집트의 전

통적인 느낌의 곡은 아직은 어렵다. 하지만 이런 음악을 들으면 묘하게 우리나라의 전통 음악의 느낌과 닮은 것 같다. 우리 장단이 서양음악의 박자처럼 딱딱 정박으로 떨어지지 않듯이 오리엔탈 댄스 장단도 그렇다. 묘하게 슬픈 느낌에 창법도 우리의 판소리가 생각난다. 그래서 그런지 처음에는 낯설어도 자꾸 듣다 보면 어느 순간 좋아진다. 물론 옆에서 듣는 남편은 "뱀 나오겠다"라고 말하지만.

아랍음악은 사랑 이야기가 많다. 사랑을 얼마나 구구절절 표현하는지 자유롭게 연애하는 문화가 아닌데도 적극적이고 과감한 사랑을 노래하고 있어 신기했다. 홍시 선생님은 술을 먹지 않는 문화라 술 없이 흥을 돋우기 위해 노래와 춤이 더 과감해지지 않았겠냐고 했는데 그 말도 일리가 있는 것 같다.

다른 춤을 배울 때도 역시 음악이 마음에 들어야 배우고 싶어진다. 발레는 피아노 클래식 곡들이, 스윙댄스는 경쾌한 스윙 재즈가 좋았다. 음악 첫 소절부터 마음에 들면 그 춤을 배우고 싶은 마음이 더욱 커진다. 반대로 음악이 마음에 들지 않으면 안무도 괜히 마음에 들지 않기도 한다. 내가 처음 배웠던 곡이 샤키라가 아니라 난해하고 어려운 이집트 전통 음악이었다면 낯설다고 느껴 그렇게 푹 빠지지 못했을지도 모른다. 성인취미 현대무용 학원인 '와와 모던핏' 원장 선생님도 비슷한 말을 했다.

"현대무용 음악은 좀 어려워요. 그래서 우리 학원은 일부로 유명한 팝송으로 수업하지요. 사람들이 현대무용을 좀 더 친숙하게 느끼라고요. 아는 음악을 들어야 춤을 배우고 싶다는 마음이 드니까요."

선생님 말씀에 공감이 되었다. 나도 처음에 와와 모던핏의 안무를 보고 배워보고 싶었던 이유가 바로 음악이 좋아서였기 때문이다. 그렇게 보면 결국 춤은 음악에서부터 시작되는 것 같다. 곡이 마음에 먼저 들어와야 몸이 움직이게 되니까. 음악은 마음을 흔들고 내면에 감정이나 기억을 깨운다. 음악은 춤을 몸에 새긴다. 음악과 함께 몸에 새긴 춤은 오래도록 기억된다. 나도 좋았던 곡의 안무를 십여 년이 지나도 기억하고 있을 정도니까. 그런 의미에서 음악이 춤의 절반이란 생각이 들었다. 아니, 음악이 춤을 만든다고 말해도 되지 않을까? 악기를 연주하고 노래를 부르는 것처럼 춤도 음악을 즐기는 멋진 방법이라고 말이다.

춤바람 난 여자

"부인! 춤바람 난 거야?"

오리엔탈 댄스 워크숍에 참석해서 집에 늦게 들어오는 날 보며 남편이 놀리듯 물었다. 내가 뭘 하든지 밀어주고 응원하는 남편이지만 이렇게 놀릴 때면 괜히 움찔했다. '춤바람'이란 말이 마음에 들지 않아서다. '춤바람' 하면 카바레, 제비, 일탈이란 말이 중장년 여성을 겨냥하는 듯 느껴지기 때문이다. '가정을 팽개친 문제의 주부들'이란 자막과 함께 단속에 걸린 아줌마들이 장바구니로 얼굴을 가린 채 카바레 밖으로 줄줄이 나오는 어릴 때 뉴스에서 봤던 그 장면이 떠올랐다. 가끔 지인들이 내게 '요즘도 춤춰?'라고 물으면 이상하게 부끄러워지는 것도 그 이유였다. 그럼에도 나는 '춤바람'난 중장년 여성들의 마음을 충분히 이해한다.

워크샵 참석자 중 대부분은 전문 댄서로 활동하거나 댄스 강의를 하는 사람들이라 어쩔 수 없이 늦은 시간까지 워크숍이 열렸다. 그들 틈에 나처럼 취미로 춤을 배우는 중년 여성들도 종종 있었다.

"어디서 오셨어요?"

"곡성이요."

"네? 곡성이요?"

'두 시간 수업을 듣기 위해 매주 기차를 타고 서울까지 오다니!' 알고 보니 그분만 멀리서 오는 게 아니었다. 버스, 지하철을 환승하고 최소 두 시간 걸려서 오는 것은 예사였다. 오전에 서울에 와서 오후에 여러 개의 수업을 듣고 저녁 워크숍까지 참석하고 집에 간다고 했다. 이분들은 돌아가는 버스나 기차 시간을 맞추느라 수업을 끝까지 듣지 못했다.

"먼저 갑니다. 끝까지 못 들어서 아쉽네요."

종종걸음으로 짐을 챙겨 나갈 때마다 아쉬워 자꾸 뒤돌아보는 분들을 볼 때마다 내가 안타까울 정도다. 그녀들은 춤을 추면서 삶이 바뀌었다고 말했다. 자녀들을 다 키워놓고 자신에게 집중할 수 있는 시간을 갖게 되었을 때 처음 춤을 배우게 되었고, 이제는 춤추는 재미에 푹 빠져 산다고. 갖고 있던 지병이 호전되거나 춤으로 갱년기를 무사히 넘겼다는 분들도 있었다. 춤을 다시 시작하고 얼마 뒤에 오랜만에 대학원 동기 햇살 선생님을 만났을 때 그녀는 내게 이런 말을 했다.

"지영씨는 춤을 춰야 잘 사는 사람 같아요."

그냥 사는 것보다 춤을 추면 '더 잘 사는' 사람이라니. 그 당시는 웃으며 대수롭지 않게 넘겼는데 이 말이 두고두고 마음에 남았다. 나는 이제야 춤이 내게 어떤 의미인지 알 것 같았다. 돌이켜 보면 춤을 배우는 동안 삶도 잘 굴러갔다. 좋은 아이디어가 샘솟고 삶의 어려움도 잘 해결되었고 생동감이 넘쳤다. 정말 나는 춤바람 난 여자로 살 운명인지도 모른다.

페르시아 철학자 루미는 춤을 이렇게 표현했다.

"춤추는 사람이 발을 구르는 곳이면 어디서든지 먼지에서 생명의 샘이 생겨납니다."

내가 발을 구르는 곳이면 어디든지 행복이 퐁퐁 솟을 거라는 확신이 들었다. 방금까지만 해도 피곤한 기색이 역력했던 사람들이 춤을 추기 시작하자 얼굴이 반짝반짝 빛났다. 워크샵이 끝나자마자 급히 자리를 뜨는 뒷모습들을 보며 나는 그들이 각자 어떤 마음을 품었는지 궁금해졌다. 모르긴 몰라도 오늘도 그녀들은 발을 구르며 삶을 행복으로 채웠을 것이다. 춤바람 난 여자들끼리는 그 '느낌' 아니까.

chap 4.

다시 한 번, Shall we dance?

동백꽃과 반례

우리 집 베란다에는 동백나무 몇 그루가 있다. 볕이 드문 집이라 꽃이 피겠냐 싶었는데, 고맙게도 매년 향기로운 꽃을 선보였다. 그런데 유독 '서향 동백'만은 한 번도 꽃을 피우지 않았다.

비싼 비료를 구해 아낌없이 주기도 하고 정성껏 가지치기도 해주지만 서향 동백은 고집스럽게 매년 꽃 몽우리조차 만들지 않았다. 그렇다고 병들거나 약한 건 아니었다. 봄이면 새순을 한껏 올리며 자랐다. 올해는 꽃을 피우려나 하는 마음으로 몇 년째 서향 동백꽃을 기다리다 보니 약이 올랐다.

'다른 동백나무들은 예쁜 꽃을 잘도 올리는데 너는

왜 그 모양이니?'

물값도 못하는 서향 동백이란 소리가 절로 나왔다. 그렇게 주인의 기대를 저버린 탓에 서향 동백은 자연스레 베란다 천덕꾸러기가 되어갔다. 그러던 어느 겨울 아침, 어디선가 달콤한 향기가 훅 밀려왔다. 나는 킁킁거리며 냄새를 따라 베란다로 향했다.

'아, 동백꽃향인 것 같은데?'

재빨리 베란다로 달려 나가던 내 발이 멈췄다. 서향 동백이 핑크빛 꽃 몽우리를 물고 있는 게 아닌가. 우리 집에 온 지 5년 만에 처음으로 꽃을 피운 것이다. 한참을 베란다에서 향기를 맡으며 꽃을 감상했다. 연한 핑크 겹꽃이 탐스러웠다. '이렇게 예쁘게 필 것을 왜 그렇게 뜸을 들였을까?' 찬찬히 서향 동백을 살펴봤다. 화분이 눈에 들어왔다. 처음 심었을 때 화분이 동백에 비해 너무 커 보였는데 어느새 좀 작아 보일 정도로 서향 동백은 자라 있었다. 그때 퍼뜩 인터넷에서 본 동백꽃에 대한 정보가 생각났다.

'동백나무는 화분이 넉넉하면 꽃을 피우지 않는다.'

내가 너무 커다란 화분에 심어놔서 그랬구나. 그런 줄 모르고 괜히 구박이나 하고. 화분이 컸던 만큼 뿌리

키우는 데 힘을 쏟느라 5년 동안 꽃을 피우지 못했던 것이다. 보이지 않는 화분 속에서 서향 동백은 묵묵히 뿌리를 키우며 내실을 다져왔다. 그래서 그런지 꽃이 더 귀하게 느껴졌다.

최근에 나는 십 년 만에 다시 발레를 배우게 되었다. 처음에는 발레가 아니라 현대무용을 배우려고 했었다. 대학원을 다닐 때 '무용동작치료' 수업 시간에 만난 현대무용 전공자들의 움직임을 보고 나도 언젠가는 배우고 싶었다. 다행히 요즘은 현대무용을 취미로 배울 수 있는 곳이 많아졌다. 마침 집에서 지하철 한 정거장 거리에 무용학원이 있어 찾아갔다. 이름은 '블링 무용 아카데미'였다. 원장 선생님은 현대무용수로 무용학박사를 받은 분이었다. (이제부터 블링 선생님이라 부르겠다.) 현대무용을 배우고 싶다고 찾아간 내게 블링 선생님은 뜻밖에 발레를 권했다.

"현대무용도 좋지만 먼저 발레를 배우는 게 좋아요."

"아, 예전에 잠깐 해봤는데 어려워서요. 다치기도 했고요."

나는 발레란 말에 겁이 났다. 예전에 배웠을 때 발레

가 좋긴 했지만 여러 차례 다치기도 했고 힘들고 아팠던 기억이 있어서 그 후로는 다시 배울 엄두가 나지 않았다. 내가 머뭇거리니 블링 선생님은 다시 설득했다.

"현대무용을 배우기 전에 발레를 먼저 배우는 것이 좋아요. 무용 기초가 되어 있어야 현대무용을 쉬이 배울 수 있어요. 제가 다치지 않게 잘 가르칠게요."

선생님의 권유에 나도 고집을 꺾고 발레 수업에 등록했다. 첫 수업이 시작되기 전에 탈의실에서 옷을 갈아입으니 옛 기억이 떠올랐다.

'휴, 얼마나 아플까? 다치진 않겠지?' 하지만 막상 수업이 시작되자 어쩐 일인지 10년 전보다 모든 동작이 편하고 쉽게 느껴졌다. 잔뜩 긴장한 나와 달리 선생님은 칭찬을 쏟아냈다.

"잘했어요. 와~ 발레 어릴 때 배워본 사람 같아요."

블링 선생님은 나의 동작이 정확하고 자연스럽다고 칭찬했다. 발레를 배우지 않은 동안 헬스하면서 근력을 다지고 틀어진 몸도 꾸준히 바로 잡으려 노력해서 그런지 발레 수업 후에도 아프기는커녕 마사지 받은 듯 몸이 시원했다.

10년 전의 나는 너무 큰 화분에 심은 동백이었는지도

모르겠다. 서향 동백이 5년간 꽃을 피우지 않고 뿌리와 줄기를 튼튼히 했듯이 나도 부족했던 체력과 근력이 좋아져 비로소 발레를 배울 수 있는 몸이 된 것이 아닐까. 그래서 뭐든 자기만의 때가 있다고 하는 것 같다. 이제야 비로소 베란다 가득 핀 서양 동백꽃처럼 나의 발레 인생도 이제야 꽃을 피우는가나 보다.

일상을 우아하게 만드는 마법

아스팔트가 녹아 버릴 듯 더운 여름날이었다. 나는 비 오듯 쏟아지는 땀을 닦으며 발레 학원으로 걸어가고 있었다. 그때 익숙한 사람이 내 옆을 스쳐 지나갔다.

'어! 블링 선생님?'

선생님을 향해 뻗은 내 손이 순간 허공에 멈췄다. 그녀의 뒷모습이 너무 우아해서 눈에 더 담아 두고 싶었다. 사뿐사뿐 걷는 그녀의 걸음걸이는 춤을 추는 것처럼 아름다웠다. 곧게 편 허리와 어깨는 당당했고 발걸음은 푹푹 찌는 무더운 날씨에도 가볍고 경쾌했다. 팔과 다리의 움직임은 리듬을 만들며 부드럽게 흔들거려 보는 사람마저 기분 좋게 만들었다. 나는 도둑고양이처럼 살금살금 그녀의 뒤를 쫓았다. 발레 학원에 도착했을 땐 그녀의 '춤'이 끝난 것이 아쉬울 지경이었다. 등 뒤에서 인사를 하자 내가 뒤쫓아온 줄 모르던 선생님은 그제야 뒤를 돌아봤다. 나는 호기심 가득한 눈으로 물었다.

"선생님, 어쩜 그렇게 우아하게 걸으셨어요? 걷는 것도 꼭 춤추는 것 같아요. 비결이 뭐예요?"

"걸을 때도 몸에게 말해주는 거죠."

블링 선생님이 어깨를 쫙 펴며 대답했다.

"뭐라고 말해주는데요?"

"자, 이제부터 나는 운동하는 거야!"

나는 무슨 뜻이냐며 눈을 껌뻑였다.

"일상생활도 운동이라고 생각해 봐요. 그럼, 진짜 운동이 된답니다. 생각에 따라 몸이 반응하거든요."

선생님은 걷는 건 물론, 자세까지 달라질 거라며 호언장담했다.

앨런 랭어의《늙는다는 착각》에서 한 가지 실험이 나온다. 호텔 방 청소를 담당하는 피실험자들은 노동에 따른 칼로리표가 적힌 표를 받았다. 반면 다른 호텔 노동자인 대조군은 표를 받지 못했다. 실험이 진행되는 동안 피실험자들은 노동과 칼로리를 연결 짓게 되고 나아가 노동을 긍정적으로 받아들이게 된다. 실험 결과, 피실험자들은 이전과 달리 군살이 빠지고 훨씬 건강해졌지만, 대조군은 아무런 변화가 없었다. 결국 늘 하던 일을 '노동'으로 인식하느냐, '운동'으로 여기느냐가 몸의 변화를 불러온 셈이다.

나는 이 책을 읽고 나서야 블링 선생님이 했던 말이 무슨 의미인지 이해하게 되었다. 양치질, 청소, 설거지 등 일상의 행동 하나하나가 모두 운동이 될 수 있다니!

오늘도 걷기 전에 나는 내게 속삭였다.

'이건 운동이야.'

깊은숨과 함께 몸의 긴장을 털어내니 몸이 시동을 건다. 나는 몸에게 말한다.

'이건 춤이야.'

일상적인 움직임이 리드미컬해지더니 발걸음에도 리듬이 실렸다. 내가 진짜 우아해졌는지는 모르겠지만 달라진 점은 있다. 모든 움직임이 생생해지고 소중하게 느껴진다는 것이다. 보통은 하루의 '사건'만 기억할 뿐 '움직임'은 기억에 남지 않는데, 내게 '속삭이고 걷는 날'은 몸이 움직였던 감각이 오래 남았다. 걸을 때의 느낌과 온도, 바람, 냄새까지도. 일단 의식하게 되면 소소한 움직임도 의미가 생긴다. 거기에 운동 효과는 덤이니 이보다 쉽고 좋은 운동법이 또 있을까? 이것이야말로 모든 움직임을 운동 혹은 춤으로 만드는 '극강의 마법'인 것이다.

릍르베

나는 발레 동작 중에 '릍르베(까치발 들기)'를 좋아한다. 까치발을 들고 균형을 잡으면 마치 하늘에 날아오르는 기분이 든다. 이 동작을 좋아하기까지는 많은 시행착오와 연습이 필요했다. 보기엔 단순해도 결코 만만한 동작은 아니다. 릍르베는 코어와 허벅지 안쪽에 힘을 단단히 주고 골반을 끌어올린다는 느낌으로 서야 한다. 위로 올라가는 힘과 아래로 내려가는 힘을 동시에 느끼며 몸을 길게 펴고 어깨에 힘이 들어가지 않게, 갈비뼈는 벌어지지 않게 주의한다.

"바에서 손 떼세요. 발란스!"

선생님의 구령에 맞춰 까치발을 들고 조심스레 발레

바에서 손을 뗀다.

"어, 어!" '쿵'

나의 를르베는 몇 초간 중심을 잡다가 이내 바람에 흔들리는 대나무처럼 휘청이다 중심을 잃고 만다. 반면 선생님의 를르베는 뿌리 깊은 나무처럼 굳건하다. 무엇이 문제일까? 나는 틈만 나면 선생님의 동작을 관찰했다. 그러다 한참이 지나서야 알게 되었다. 선생님의 발 모양이 나와 다르다는 것을.

"선생님, 발 좀 보여주실 수 있나요?"

"발요?"

"네. 를르베 할 때 저랑 발 모양이 달라서요."

선생님은 나의 갑작스러운 부탁에도 선뜻 맨발로 를르베를 시연해 보였다. 선생님은 발가락을 부채처럼 쫙 펴고 발등을 끝까지 밀어 올리며 발끝으로 섰다.

"아!"

나는 그제야 선생님과 나의 차이를 이해하게 되었다. 나무의 뿌리가 흙을 움켜쥐듯 발가락이 지면을 단단히 잡고 서야 했던 거다. 나도 있는 힘껏 발가락을 펴려고 애썼다. 하지만 이미 굳을 대로 굳은 탓에 발가락은 꿈쩍도 하지 않았다. 바르게 서고 걸으려면 엄지발가락과 새끼발가락, 뒤꿈치가 동시에 균형 있게 무게를 버텨 줘야 한다. 나처럼 발가락이 제 기능을 하지 못하면 발의 아치가 무너지고 골반과 척추에도 악영향을 준다. 이렇게 중요한 역할을 하고 있건만 주인의 관심 밖에서 벗어나 늘 웅크리고만 있었을 나의 발가락.

"발가락을 되찾으셔야 해요."

나는 선뜻 그 뜻을 이해하지 못했다.

'이미 있는 발가락을 되찾으라니?'

"발가락을 되찾아야 걸을 때도 바르게 걸을 수 있답니다."

'아! 늘 그 자리에 있지만 제대로 쓰지 못하고 감사할 줄 몰랐던 발가락을 의식하라는 뜻이구나.'

고등학생 시절, 엄마는 세 자매를 위해 하루에 9개의 도시락을 쌌다. 동대문 의류 시장에서 밤새워 일하고 새벽에야 퇴근한 엄마는 하루도 거르지 않고 새 반찬으로 도시락을 싸주었다. 나는 그런 엄마의 노고를 당연히 여긴 건 물론 지친 엄마에게 종종 불만을 토로하기도 했다.

엄마의 도시락은 자식들이 대학생, 직장인이 되어서도 계속되었고, 막내 동생이 결혼하고서야 겨우 끝이 났다. 엄마가 힘들게 정성껏 싸준 도시락은 우리 자매들의 일상을 지탱해 주던 발가락 같은 것이었다.

그날 이후, 나는 발가락을 의식하며 산다. 그리고 무심히 지나쳤던 감사한 것들을 발견하고 고맙다는 말도 전한다. 당연하다 생각했던 것 중에 감사한 것들이 얼마나 많은지 새삼 놀라면서 말이다.

몸이 허락한 만큼만

"요즘도 춤을 춰?"

오랜만에 만난 친구가 묻는다.

"당연하지"

"이번에는 무슨 춤을 배우냐?"

"현대무용"

"뭐라고!"

내가 현대무용을 배운다고 하면 다들 이런 반응이다. 사십 대 중반에 현대무용을 배운다고? 관절이 남아나겠냐는 둥 허리는 멀쩡하냐는 둥 걱정스러운 말들뿐이다. 사실 나도 처음에는 겁이 났다. 블링 무용 아카데미에서 발레를 배운 지 삼 개월이 지났을 무렵 나는 우연히 취미 현대무용 학원인 '와와 모던핏'을 알게 되었다. 블링 학원에서도 원한다면 현대무용 테크닉과 콤비를 배울 수 있지만 소수 정예 수업이나 개인 강습 위주라 이곳에서는 현대무용보다 다치기 쉬운 발레를 안전하게 배우기는 더 없이 좋았다. 그런데 와와 모던핏에서는 매달 바뀌는 안무로 초급부터 고급반까지 있어서 안무 위주로 현대무용을 배울 수 있다는 장점이 있었다. 거기에 더해 팝송으로 만든 '와와 모덧핏'의 서정적이고 예쁜 스타일 안무도 내 취향이었다. 와와 모던핏에서 상담할 때 나는 걱정스레 물었다. (이제부터 와와 선생님이라 부르겠다.)

"나이가 사십 대 중반인데 될까요?"

"그럼요"

"한 번도 안 해봤는데 몸이 따라 줄까요?"

"그런 걱정 많이 하죠. 몸은 시간을 들여 천천히 만들면 됩니다."

와와 선생님은 겁먹을 거 없다며 조금씩 몸을 만들면 취미로도 충분히 현대무용을 즐길 수 있다고 말했다. 나는 도전해 보기로 했다. '딱 3개월만 해보자. 안 되면 말지 뭐.'

시작은 호기로웠지만 첫 수업부터 나는 잔뜩 주눅이 들었다. 함께 배우는 사람들이 나보다 거의 20살 가까이 어려 보였다. 쌩쌩 날아다니는 그들을 쫓아가느라 진땀을 뺐다. 초급반이라 아직 어려운 현대무용 테크닉을 배우진 않았지만 수업이 끝나면 여지없이 무릎과 발등에 멍이 들었고, 시큰시큰 아팠다. 멍이 빠질 새도 없이 계속해서 수업을 이어가자 결국 무릎 통증이 심각해지고 말았다.

'현대무용을 그만둬야 할까?'

서글픈 고민 앞에서 나는 갈피를 잡지 못했다. 하지만 이대로 그만두면 평생 후회할 것 같았다. 나는 내 몸에 좀 더 집중하고 관찰하기로 했다.

'팔을 올릴 때 어깨를 제대로 쓰고 있는 건가?' '무릎을 구부릴 때 각도는 정확한가?'

세심한 관찰 끝에 무게 중심이 잘못되어 있다는 걸 깨달았다. 움직일 때는 물론 서 있을 때조차 무게 중심이 틀어진 탓에 전체 균형이 틀어질 수밖에 없었다. 자세가 틀어진 것은 이미 알고 있었다. 발바닥 아치가 무너진 탓에 무릎이 밖으로 돌아가 X자 다리가 되었고, 몸통이 돌아가서 한쪽 갈비뼈가 좀 더 튀어나와 있었다. 어깨는 안으로 말려서 구부정했고 한쪽 어깨는 올라가 있었다. 몸은 10대 초반부터 틀어지기 시작했다. 오랜 시간을 잘못 사용한 대가를 지금 치르고 있는 셈이다. '이봐, 몸주인 양반! 당신이 몸을 제대로 못 썼기 때문이라고.' 마치 몸이 야단치는 것 같았다.

'알렉산더 테크닉'으로 알려진 연극배우 프레데릭 알렉산더는 공연 중 목소리가 나오지 않자 자신이 몸을 잘못 쓰고 있을지 모른다는 의구심을 갖게 되었고, 무려 9년 동안 자신을 관찰했다고 한다. 그 결과 자신이 목과 머리를 잘못 쓰고 있음을 깨닫게 되었다. 알렉산더는 운동하는 시간과 강도 보다 평소 자세와 습관이 몸에 미치는 영향이 크다고 강조했다. 몸을 바르게 쓰는 것이 심리나 정서와도 밀접한 관련이 있다고 믿었던 알렉산더는 의식적으로 우리 몸에게 바른 지시를 내리고 조절해야 한다고 주장했다.

나는 걷기부터 다시 연습했다. 걸을 때 발바닥에 무게가 어디로 실리는지, 어떤 근육을 쓰는지 관찰하고 움직였다. 걷기, 앉기, 눕기같이 무심코 하는 동작에서도 몸을 잘못 쓰고 있다니 적잖게 충격이었다. 써야 할 근육을 쓰고, 쓰지 말아야 할 근육은 쓰지 않는 것. 이

것은 운동이나 춤뿐 아니라 일상생활에서도 매우 중요하다.

춤을 배우는 것은 단순히 기술만 쌓는 것이 아니다. 내 몸과 소통하는 법을 배우고 몸을 부드럽고 바르게 만드는 방법을 알아가는 것이다. 몸은 정직하다. 내가 무엇을 먹는지 어떤 습관이 있는지 정직하게 반응한다.

몸을 바르게 쓰려고 한 지 몇 달이 지나자 차츰 무릎의 통증과 멍은 사라졌다. 춤을 출 때의 '태'는 물론 평소 걸음걸이와 마음가짐까지 달라졌다. 가슴을 쭉 펴니 자신감이 생기고 생각도 긍정적으로 하게 되었다.

'이 나이에 춤은 무슨!'

나와 같은 고민을 한다면 포기하지 마시라. 얼마든지 배울 수 있으니. 다만 자신의 몸을 좀 더 섬세하게 관찰하고 돌보며 배워야 한다. 배우다 보면 욕심이 나겠지만 과욕은 절대 금물이다. 솔직하게 이건 나 자신에게 하는 말이다. 욕심이라면 누구에게도 지지 않은 나니까. 요즘도 현대무용 수업이 시작될 때마다 스스로 다짐한다.

'몸이 허락한 만큼만 하겠습니다. 더도 말고, 덜도 말고, 딱 그만큼만!'

분노의 발구르기

　나는 의도한 바는 아니지만 춤을 배울 때마다 실력파의 유명한 분들에게 배웠다. 한 분야에서 높은 성취를 경험한 사람들을 직접 만나는 건 행운이었다. 나는 춤뿐만 아니라 그들의 삶의 태도도 엿 볼 수 있었다. 내가 경험한 선생님들은 모두들 개성 넘치고 성향도 달랐지만 그들에게는 한 가지 공통점이 있다.

　'와와 모던핏' 현대무용 수업 시간, 와와 선생님의 수업은 항상 따뜻한 격려로 시작한다. 하지만 수업이 진행될수록 이내 선생님 얼굴이 점점 붉어지고 목소리도 격양되더니 발까지 구르며 소리친다.

"아니! 아니죠! 여기서 이렇게! 다시!"

매의 눈으로 약간의 틈새도 놓치지 않고 집어낸다.

"다시! 다시!"

슬쩍 넘어갈 수도 있는 걸 집요하게 잡아내고 될 때까지 시킨다.

"왜! 왜! 왜! 이게 안 되는 건데! (쿵쿵) 대체 왜!!! (쿵쿵) 될 때까지 시킬 거야."

와와 선생님의 '분노의 발구르기'가 시작되면 수강생들은 터지는 웃음을 참아 내며 얼굴에는 짐짓 심각한 표정을 지어 보인다. 그렇다고 수업 분위기가 망가지거나 심각해지지 않는다. 선생님이 소리쳐도 감정적으로 화를 내는 게 아니라 그저 답답함을 토로하는 것이라는 걸 모두 알고 있다.

"여러분 미안해요. 내가 너무 욕심이 많죠? 일반인이 이 정도면 잘하는 건데. 전공생 수준을 바랐나 봐요."

'분노의 발구르기'를 하고 나면 선생님은 미안한 표정으로 말하지만 나긋나긋한 목소리는 그리 오래 가지 않는다.

"아냐! 할 수 있잖아! 왜 못해! 될 때까지 시킬 거야."

사실 와와 선생님만 그런 것은 아니었다. 오래전에도

취미 발레를 가르쳐 주신 발레리노 선생님도 수업 시간이면 '분노의 발구르기'를 했었다. 오리엔탈 댄스 선생님도 일반인들의 취미 수업이라고 봐주는 법이 없었다. 어릴 때부터 체계적으로 훈련해 온 선생님들은 낡디낡은 몸으로 춤을 배운다는 것이 어떤 것인지 머리로는 이해하면서도 제대로 될 때까지 해내고야 마는 근성과 완벽주의 성향이 종종 터져 나오곤 한다. 그래서 수업 시간에 수강생들의 실력이 기대치에 미치지 못하면 답답해하고 때로는 스트레스까지 받곤 했다.

'그냥 전공생 수업만 하시지. 스트레스를 받아 가며 굳이 일반인을 가르치는 이유가 뭘까?'

나는 종종 의구심을 가지곤 했다.

한 번은 와와 선생님께 이유를 물은 적이 있다.

"선생님, 왜 일반인 수업을 하세요? 전공생보다 더 힘들지 않으세요?"

내 질문에 와와 선생님은 솔직하게 대답했다.

"사실 스트레스 받을 때도 있죠. 왜 이게 안 되지? 답답해하다가 저 나름의 교수법을 연구하곤 해요."

"그냥 전공 가르치는 게 훨씬 보람되지 않으세요?"

내 물음에 그녀가 살짝 웃었다.

"참 신기하게도 전공생 수업보다 일반인 수업이 훨씬 보람 된답니다."

"정말요? 왜요?"

"여러분들이 춤을 출 때 표정이나 눈빛이 확연히 달라지거든요. 그 변화를 확인하는 게 아주 짜릿해요."

놀랍게도 내가 경험한 선생님들에게 물었을 때 모두 같은 대답을 했다. 답답해도 보람이 크다는 말이었다. 선생님들의 마음은 기어다니던 아기가 첫걸음을 뗐을 때처럼 기쁘고 뿌듯하고 대견한 엄마의 마음과 비슷하지 않을까?

"여러분 왜 이렇게 잘하지?"

와와 선생님은 어쩌다 우리가 안무를 잘 따라 하면 무척 뿌듯한 표정을 짓다가도 이내 웃음기를 거두고 심각한 표정을 지었다.

"여러분 안무가 쉬운가요?"

다들 당황해서 서로 얼굴을 보며 작은 소리로 대답했다.

"아니요! 좀 더 쉽게 만들어 주세요!"

"잘하는 걸 보니 지금도 쉬운 것 같은데. 이러면 재미

없으니까 더 어렵게 만들어 보자고요."

　와와 선생님은 눈을 빛내며 어떻게 하면 수강생들이 더 어려워할지 안무를 다시 고민한다. 역시 선생님의 열정은 우리가 감당하기 어렵다. 선생님들은 눈부신 성장은 연습의 결과물이란 걸 잘 안다. 그들은 스스로 성장을 경험한 후엔 제자의 성장을 보며 짜릿한 보람을 느끼는 사람들이다. 그래서 오늘도 나는 성장을 경험하러, 아니 선생님의 '분노의 발구르기' 소리를 듣기 위해 춤추러 간다.

보디 프로필 말고, 영상 프로필

한때 유행처럼 번지는 '보디 프로필'을 두고 가수 김종국은 이벤트를 목적으로 운동하기보단 길게 보고 운동하길 당부했다. 자신의 유튜브 채널에서 "인생을 사진에 걸면 안 된다. 인생은 끊기지 않는 동영상"이라는 말을 남겼다. 참 멋진 말이다. 내게 춤이 그러하지 않은가. 단발성의 이벤트가 아닌 삶의 일부로 길게 가는 동반자. 순간 재미있는 아이디어가 떠올랐다.

'그래, 춤을 영상으로 남기자!'

"장미야, 우리 더 나이 먹기 전에 춤 영상을 찍어보면 어때?"

"그게 뭐예요?" 심드렁하게 장미가 대답했다.

"요즘 보디 프로필 유행이잖아. 우리는 사진 대신 영상으로 남기는 거지."

귀찮은 걸 싫어하는 장미를 상대로 온갖 감언이설 끝에 간신히 승낙을 얻어냈다. 우리는 오리엔탈 댄스 수업에서 배운 작품을 연습해 촬영하기로 했다. 홍시 선생님은 우리들의 영상 프로필을 촬영할 수 있도록 학원 강의실을 협찬해 주고 연습할 수 있도록 배려해 주셨다.

그런데 막상 춤추는 영상을 찍으려니 엄두가 나질 않았다. 그즈음 장미와 나는 맛집 탐방에 푹 빠져 다닐 때여서 더욱 그랬다. 달콤한 디저트를 포기하고 혹독한 연습과 다이어트를 하기엔 우리 의지는 박약했다. 춤 영상 촬영을 미루고 미루던 어느 날, 유명한 디저트 가게에서 케이크와 구움 과자를 잔뜩 시켜 놓고 먹고 있는데 장미가 말했다.

"언니, 다이어트를 입으로만 하는 사람을 뭐라 하는지 알아요?"

"뭐라는데?"

"아가리어터요. 언니, 우리가 딱 아가리댄서에요. 말로만 연습하잖아요."

장미의 말에 뜨끔했다. 사람들에게 촬영하겠다고 말한 지 어느새 3개월이 훌쩍 지났으나 정작 연습은 입으로만 할 뿐 아무것도 하지 않고 있었다. 장미도 시무룩한 표정이었다.

"막상 하려니 귀찮아요. 영상이니까 살도 빼야 하는데."

"그렇지. 우리 그냥 하지 말까?"

장미의 눈빛을 보니 내 마음이 네 마음이렷다.

'그래, 우리 하지 말자.'

그렇게 장미와 암묵적으로 합의하고 나서 사람들이 영상을 물을 때마다 어물쩍 넘어갔다. (구렁이보다 담을 더 잘 넘었다.) 그런 우리를 보다 못했는지 홍시 선생님이 나섰다.

"자, 두 분 언제 영상 찍을 겁니까? 지금, 날짜 딱 정해요."

평소와는 다르게 단호한 선생님의 태도에 장미와 나는 차마 그만두기로 했단 말을 꺼내지 못했다.

"아, 그게."

나는 장미에게 눈짓을 보냈다.

'야! 안 하겠다고 빨리 말해.'

장미는 슬쩍 내 눈을 피하며 입을 꾹 다물었다. 우리 둘 다 난처하단 듯 말이 없자 선생님 미간에 주름이 잡혔다. 선생님은 웃음기 뺀 얼굴로 다시 한번 우리를 압박했다.

"빨리요. 여기서 그냥 정해요. 무르기 없기에요."

선생님은 아예 달력을 우리 앞에 내밀었다. 선생님은 게으른 제자들의 등을 떠밀기로 작정한 것 같았다.

"음~ 12월 첫째 주?"

선생님의 카리스마에 눌려 얼떨결에 날짜를 내뱉고야 말았다. (최대한 멀리 잡은 날이었다.) 장미도 아무 말을 하지 못하고 마지못해 고개만 끄덕였다. 이렇게 반강제로 춤 영상 촬영 날짜가 정해졌다. 우리에게 남은 시간은 이제 두 달 하고 반이다. 장미의 심란한 얼굴에서 나의 심란한 얼굴이 겹쳐 보였다.

'생각보다 일이 커졌는데, 우리 이대로 괜찮은 걸까?'

마스터의 춤은 명료하다

춤 영상 프로필을 찍기 위해 제일 시급한 것은 안무를 짜는 것이다. 수업 시간에 배운 오리엔탈 댄스 안무를 토대로 영상 촬영에 어울리게 수정해야 했다.

"언니, 어려운 동작들은 꼭 넣어야 해요."

"그래, 고난이도 동작들이 분명 화면에 예쁘게 나올 거야."

장미와 내가 짠 안무는 평소에 욕심냈던 동작과 유행하는 동작까지 더해져 그야말로 최상위 난이도의 향연이었다. 괜히 프로가 된 듯 우쭐해졌다. 그런데 우리들이 짠 안무를 연습한 영상을 확인하면서 우리 둘의 얼굴은 화끈 달아올랐다. 손끝부터 발끝까지 쉼 없이 움직이는 동작 때문에 정신이 없었다. 개연성이라곤 찾아볼 수 없었고, 동선도 이리저리 어지럽게 펼쳐졌다. 하이라이트 동작 모음집, 다시 말해 첫입만 맛있는 요리 혹은 화려한 미사어구만 줄줄이 이어지는 글 같다고나 할까?

'멋진 동작만 넣는다고 춤이 아름다워지는 건 아니구나.'

오래전에 본 오리엔탈 댄스 마스터의 춤이 떠올랐다. 아크로바틱처럼 복잡한 테크닉과 기교가 유행하던 시절에 본 마스터의 춤은 오히려 단조로워 보일 정도로 명료하고 정갈했다. 마치 한 편의 시처럼 절제된 동작으로 관객의 감성을 끌어당겼고, 나 또한 그녀의 춤에 푹 빠져들었다.

그에 비하면 우리가 만든 안무는 띄어쓰기 없이 빽빽하게 쓴 의미 없는 문장 같았다. 일방적인 과시용이니 관객과의 소통은 기대할 수도 없었다. 결국 우리는 추가했던 멋내기용 동작 대부분을 덜어내고 또 덜어냈다.

춤뿐 아니라 글쓰기도 그렇다. 잘 쓰여진 글은 가독성이 뛰어날 뿐 아니라 생각할 여지를 남긴다. 하지만 작가의 관점과 주장만 빽빽하거나 미사어구로 가득 차

있는 글은 피로하고 답답하다. 물론 머리로는 잘 알지만, 나 역시 글을 쓰면서 가장 많이 들은 지적이 '사족을 덜어내라'였다. 잘 쓰고 싶은 마음, 뽐내고 싶은 마음, 인정받고 싶은 마음이 뒤섞여 힘이 잔뜩 들어간 탓이다. 매일 사족을 덜어 내다보면 마음도 가벼워진다. 핵심만 남기기 위해 가지치기한 다음엔 늘 스스로 위로와 격려도 건넨다.

'잘 쓰고 싶었구나? 괜찮아. 편하게 써도 돼.'

내 삶에서도 불필요한 대목을 말끔히 덜어낼 수 있다면 얼마나 좋을까. 그럼 항상 명료하고 정갈하게 살 수 있을 텐데. 마스터의 춤처럼.

아름다운 건 나다운 것

영상 촬영을 연습한 후 탈의실에서 옷을 갈아입을 때였다.

"아름답다는 '나답다'라는 말이에요."

초급반 수업을 맡은 '빈' 선생님이 내게 말했다. 순간 나는 뜨끔해졌다. 선생님은 나의 불만 어린 말을 들은 게 틀림없다.

"내 몸은 오리엔탈 댄스랑 어울리지 않아. 다리는 오리엔탈 댄스하기엔 길고 몸통은 가늘어. 허리가 짧아 복부를 움직이는 동작을 했을 때 눈에 띄지 않는다고."

춤 연습 영상을 확인 할 때마다 이렇게 투덜거렸다.

"아름다움도 절대적인 건 아니죠. 지영님 춤도 충분

히 매력 있어요. 실력이 출중해지면 몸매는 전혀 상관 없어지니 걱정하지 마세요."

위로는 고마웠지만 선뜻 수긍하긴 어려웠다. '춤마다 딱 맞는 몸이 있는 건 사실이잖아. 그런 의미에서 내 몸은 불리하다고.' 불만이 또 터지려는 걸 간신히 막았다. 반대로 현대무용을 배울 때는 몸이 마른 수강생들에 비해 내 몸이 너무 뚱뚱해 보여 불만이었다. '어휴, 나만 몸이 두껍잖아. 살 빼야겠어.' 그러다 다시 오리엔탈 댄스를 배우러 가면 완전히 다른 몸이 거울에 보이는 통에 그야말로 환장할 노릇이었다.

그러던 어느 날 우연히 유튜브 '윤너스TV'를 보다 깜짝 놀랐다. 헤어 디자이너였던 김나윤 씨가 불의의 사고로 왼쪽 팔을 잃었다. 변한 몸을 대면할 자신이 없었던 그녀는 사고가 난 한참 뒤에야 용기 내어 힘겹게 거울을 들여다봤단다. 그런데 이상하거나 흉측하기는커녕 자신의 모습이 '밀로의 비너스'처럼 아름다워 보였다고 했다. 그 후 그녀는 보디빌딩에 도전했고 급기야 대회에 나가 수상까지 하게 되었다. 그녀는 진정한 아름다움에 관해 이렇게 말했다.

"있는 그대로 자기 기준을 세우는 것이 가장 아름다

운 것 같아요. 나의 아름다움이 무엇인지 자신에게 물어보세요."

순간 탈의실에서 빈 선생님이 내게 했던 말이 떠올랐다. 그러고 보니 나의 기준은 늘 밖에 있었다. 현대무용을 할 때면 다른 사람들과 비교해 내 몸이 두꺼운 게 불만이었고, 오리엔탈 댄스를 출 때는 몸이 얇아 동작이 눈에 띄지 않는다고 투덜거렸다. 기준을 타인에게 두니 만족감이 낮은 건 당연한 이치였다.

어디 춤뿐일까? 삶의 성공이나 행복도 기준은 늘 내가 아니었다.

"팔 때문에 가슴이랑 광배 운동을 하지 못해서 수상할 거라고 기대하지 못했어요."

김나윤 선수는 자신이 할 수 없는 부위의 운동은 과감하게 포기했다. 대신 출전하더라도 수상할 거란 기대를 하지 않았다고 했다. 자신의 기준은 내면에서 찾지만, 그것이 세상의 기준이 아닐 수 있단 걸 '쿨' 하게 인정하는 모습이 멋졌다. 그녀와 달리 나는 모자란 실력을 오롯이 내 몸 탓으로 돌렸다.

김나윤 선수의 유튜브 채널에 가면 마치 밀로의 비너스를 연상케 하는 그녀의 사진과 함께 멋진 문구가 반긴다. '보이지 않아 아름다운 것이 있죠. 마치 내 왼팔이 보이지 않아 아름다운 것처럼.' 사진 속 그녀는 밀로의 비너스보다 아름답다. 불의의 사고로 왼쪽 팔을 잃은 자신을 받아들이고 찾기까지 과정은 쉽지 않았겠지만 결국 해냈고, 그녀의 아름다움은 다른 사람들에게 용기와 힘을 주고 있다.

　　이제 나도 '쿨' 하게 인정하며 산다. 춤 실력이 문제일 뿐, 몸은 문제가 아니라고. 또한 타인의 기준 대신 나만의 기준으로 살아야 한다고. 성공도 행복도 아름다움도 모두 나의 기준으로 바라봐야 한다는 걸 절대 잊지 말아야겠다.

이제 시작이죠

춤을 추면서 연습해도 좀처럼 나아지지 않는 것이 있다. 바로 시선과 표정이다. 시선은 자꾸 바닥으로 떨어져 꼭 눈을 감고 춤을 추는 것처럼 보였다. 표정은 웃는다고 웃는데도 어색해서 보기 딱할 지경이다. 촬영이 코앞인데 큰일이었다. 이런 고민을 감귤 선생님에게 털어놓았다. 감귤 선생님은 '안홍시 오리엔탈 댄스 아카데미'에서 오리엔탈 댄스를 시작한 지 10년이 훌쩍 넘었고 각종 대회와 공연에 빠짐없이 출전하는 베테랑이다.

"선생님은 무대를 즐기는 거죠?"

내 질문에 그녀가 손사래 치며 말했다.

"무슨 소리야. 내가 무대 공포증이 얼마나 심한데."

"무대 공포증이요?"

나는 의아스러운 눈으로 감귤 선생님을 바라봤다. 믿지 못하는 나에게 선생님은 무대 공포증을 이긴 이야기를 털어놓았다.

"내가 얼마나 무대 공포증이 심했냐면, 무대 전부터 악몽에 시달렸어."

"어디 그뿐이야? 처음 개인 레슨 받았을 때 내가 타고난 몸치인 걸 알았어. 포기할까도 생각했지만, 그냥 언젠가는 되려니 하고 마음을 절반쯤 내려놨지."

그녀는 무대에서는 몸이 얼어서 시선을 바닥에 묶은 채 간신히 동작을 마치는 수준이었고, 경쟁으로 인한 압박감도 만만치 않았다고 했다. 그녀는 이 모든 어려움을 어린 시절 미끄럼틀에 다시 올랐던 근성으로 이겨내고 있었다.

감귤 선생님은 8살 때까지 전기가 들어오지 않는 깊은 시골에서 호롱불을 밝히며 글을 배웠고, 밤에는 쏟아지는 별을 보며 살았다고 했다. 어느 날 어린 감귤이는 운동장에 있는 미끄럼틀에 올라갔다. 높은 곳에서 내려다보는 통쾌함도 잠시, 몸이 휘청 흔들렸다.

철퍼덕!

순식간에 중심을 잃고 바닥으로 떨어지는 사고를 당했다. 다행히 모래에 떨어져 큰 사고는 면했지만, 이후 높은 곳에 올라갈 엄두가 나지 않았다.

미끄럼틀을 바라볼 때마다 감귤이의 마음 한구석이 무거워졌다. 매일 미끄럼틀 주변만 배회하던 그녀는 주먹을 꼭 쥐고 다짐했다.

'계속 피할 순 없어. 정면 돌파해 보지 뭐.' 그녀는 스스로 미션을 주었다. 하루에 딱 한 계단씩 미끄럼틀 오르기! 하지만 다리가 후들거리고, 손이 흥건해지는 통에 올랐던 계단을 도로 내려오기 일쑤였다. 몇 달간 혼자만의 사투를 이어가던 어느 날, 난간을 꼭 쥐고 계단 위에 선 그녀가 살포시 눈을 떴다. '금방이라도 떨어질 것 같았는데. 그저 내 상상이었어!' 감귤이는 공포도 두려움도 모두 마음이 만든 허상이란 걸 깨닫게 되었다. 그날 이후, 그녀는 인생의 고비마다 그때의 깨달음을 떠올렸다고 했다.

이런 감귤 선생님의 어려움을 누구보다 잘 알고 있었던 홍시 선생님은 그녀를 일부로 '솔로' 무대에 자주 세웠다. 힘들어도 감귤 선생님은 거절하지 않고 무려 10년간 각종 대회와 공연에 올랐다. 9년째 되던 해, 그녀는 처음으로 고개를 들고 관객들을 향해 웃었다. 10년째 되던 해에는 음악에 몸을 맡기며 처음으로 자신만의 춤에 깊게 몰입했다. 그날 그녀의 완전한 몰입을 지켜본 나는 감귤 선생님께 축하의 인사를 건넸다.

"감귤 선생님, 이제야 자신의 춤을 완성했네요."

"아니죠. 이제부터가 시작이죠."

그녀의 뿌듯한 표정을 보며 나도 나의 한계를 언젠가는 넘을 수 있을 거란 희망이 생겼다. 비록 춤을 출 때 표정 연기를 한다던가 끼를 부리는 건 안 되지만 연습을 거듭할수록 예전처럼 바닥만 보고 추는 건 조금 나아졌다. 그래도 욕심만큼 쉬이 좋아지지 않아 답답할 때면 끼가 없는 내 성격 탓을 하며 투덜거리곤 했다. 그럴 때마다 나는 감귤 선생님을 떠올리며 마음을 다잡았다. 감귤 선생님처럼 길게, 꾸준히 하다 보면 나도 언젠가 내 마음이 만든 한계를 넘을 날이 내게도 오지 않겠는가. 이렇게 무거운 마음을 털어버리고 다시 거울 앞에 섰다. '자, 다시 표정 연습 시작이다!'

내 춤 구려 병

글을 쓰다 보면 자주 걸리는 병이 있다. 일명 '내 글 구려 병'이다. 이 병은 대게 마음에서 비롯되는데 이를테면, '이런 글을 누가 보겠어?', '왜 나는 나아지지 않지?' 이런 생각들이 슬금슬금 나를 갉아먹는다. 춤도 마찬가지다. 이번 춤 영상 프로필 촬영 때도 연습할수록 내가 상상한 것과 실제 내 모습의 괴리가 컸다. 연습하는 모습을 찍은 영상을 볼 때마다 입에서 긴 한숨이 새어 나왔다. '내 춤 구려 병'이 급격히 나를 집어삼키는 것 같았다. 한숨이 잦아지는 초기증상은 금세 중기를 거쳐 만성에 이르렀고, 결국 포기하고 싶은 마음까지 들었다.

얼마 전, 집 정리를 하다가 서랍 속에서 오래된 외장

하드를 발견했다. 내가 처음으로 오리엔탈 댄스 공연을 한 영상이 있었다.

"언제 이걸 찍었지?"

반가운 마음에 춤 영상을 몇 번이고 반복해서 봤다. 영상 속에서 나는 긴장한 표정을 하고선 최선을 다해 춤을 추고 있었다. '아, 내가 진짜 춤을 좋아했구나.' 과거 영상 속 내 모습을 보고 있노라니 그 당시 열정이 그대로 되살아나는 것 같았다. 나는 그제야 '내 춤 구려병'의 본질을 이해할 수 있었다. 진심으로 좋아하고 애쓴 것에만 이 '구려 병'이 찾아온다는 사실을 함께 깨달았다. 누구보다 춤을 좋아했던 내가 '내 춤 구려 병'에 걸리는 건 어쩌면 당연한 일이었다.

그날 이후, 나는 '내 춤 구려 병'에 걸릴 것 같으면 옛 춤 영상을 본다. 힘과 기술은 그때만 못하지만 연륜에서 오는 자연스러운 몸짓 덕분에 지금의 내가 훨씬 좋아진다. 나는 분명 조금씩 성장하고 있고, 앞으로 더 발전할 것을 믿는다. 원래 좋은 건 자주 오지 않는 법이다. 좋은 것도 어쩌다 만나야 더 반갑고 소중하다. 내가 바라는 만큼, 빨리 결과가 나오지 않더라도 언젠가는 되리라 믿으며 한 걸음씩 가는 수밖에 없다.

춤 영상 프로필 촬영

어느덧 12월이 되었다. 약속했던 춤 영상 프로필 촬영 날이 하루 앞으로 다가왔다. 촬영은 장미의 남편이 맡아 해주기로 했다. 우리는 최종안무와 의상, 메이크업을 꼼꼼하게 점검했다. 영상 촬영은 무대에서 하는 공연보다는 마음이 편했다. 무대에서는 실수하면 더 이상 기회가 없지만, 영상 촬영은 마음에 들 때까지 몇 번이고 다시 촬영하면 되니까. 그래도 막상 전날이 되니 슬슬 걱정이 들기 시작했다.

"장미야, 막상 하려니 좀 떨린다. 아무리 친분 있어도 네 남편 앞에서 춤추며 표정 연기를 하려니 손발이 오그라들 것 같아."

"저도 남편 앞이라 좀 쑥스러워요. 그래서 혹시 모르니까 제가 비장의 무기를 준비할게요."

장미가 무엇을 준비할지 몰랐지만 믿어 보기로 했다. '너만 믿는다. 장미야.'

촬영 날 아침 예약한 메이크업숍에서 준비를 마치고 '안홍시 오리엔탈 댄스 아카데미'로 향했다.

"저게 다 뭐야?"

"방송국 촬영이야?"

우리는 학원 문을 열자마자 너무 놀라 입을 다물 수 없었다. 촬영 장소에는 여러 개의 조명과 거대한 전문 촬영 카메라가 떡하니 설치되어 있었다. 심지어 아이돌 무대에서나 볼 법한 짐벌 카메라에 전문 카메라 감독님까지 기다리고 있었다.

장미 남편의 '깜짝 선물'에 우린 얼떨떨했다. 예상치 못한 전문 촬영 장비와 감독님을 보자 너무 떨려 심장이 쿵쾅거리며 뛰고 손에 땀이 나기 시작했다. 마음을 진정할 새도 없이 나는 카메라 앞에 섰다.

"1번 카메라 보고 추세요."

눈부시게 밝은 조명 앞에 서니 무릎이 덜덜 떨렸다. 침착하려 애쓰며 눈으로 1번 카메라를 찾았다. 음악에 맞춰 덜덜 떨리는 몸을 이끌고 춤을 추기 시작하자 이번에는 짐벌 카메라가 날 따라 움직이기 시작했다. 눈을 어디에 둬야 할지. 카메라를 의식하니 더 긴장되고 몸이 굳는다. 급기야 카메라가 내 얼굴로 가까이 오자 나는 그만 정신이 아득해지고 말았다.

'어, 어……'

머릿속이 하얗게 되면서 안무가 전혀 떠오르지 않았다. 손에서 땀이 나고 얼굴은 창백하게 변했다. 당황해하는 내 모습을 보고 감독님은 말했다.

"괜찮아요. 반복 촬영할게요. 자, 다시! 카메라가 얼굴 잡으면 표정 연기도 해주세요."

'표정 연기라니, 될 리가 없잖아요!'

감독님은 아직 우리 상태를 파악하지 못한 게 틀림없다. 장미도 사정은 매한가지였다. 잔뜩 긴장한 채 (남편이 눈앞에 있으니) 기량을 발휘하지 못하고 연신 NG를 냈다. 아무리 촬영을 거듭해도 우리의 '카메라 울렁증'은 나아질 기미가 보이지 않았다. 그제야 감독님은 이것이 우리의 최선임을 눈치챘다.

"괜찮아요. 잘한 부분만 편집하면 됩니다."

편집한단 말을 들으니 그나마 안심이 되었다. 그 뒤

로도 몇 번의 촬영이 더해지고 우리의 체력도 슬슬 바닥이 나기 시작했다.

"잠시 쉬었다 합시다."

나와 장미는 털썩 주저앉았다. 그때 장미가 슬그머니 가방에서 납작하고 작은 병 하나를 꺼내 내밀었다.

"언니, 이거 제가 준비한 비장의 무기에요. 혹시나 해서 챙겼어요."

"이게 뭐야?"

"언니, 그냥 마셔요."

장미는 소곤거리며 작은 종이컵에 내용물을 따랐다.

'골골골'

"설마, 술이야?"

"혹시나 하고 가져온 건데, 진짜 마시게 될 줄은 몰랐어요."

더 이상 맨정신으로는 촬영할 수 없다며 장미는 보드카를 따른 종이컵을 내밀었다. 알싸한 알코올 향이 훅 풍겼다. 평소 주량은 맥주 한 잔이지만 나는 망설임 없이 보드카를 한 모금을 꿀꺽 삼켰다. 목구멍이 싸하게 타들어 갔다.

"오, 진짜 긴장이 풀리는걸."

"그렇죠? 저 몇 잔 더 마셔야겠어요." 장미는 종이컵 가득 술을 부었다. 나도 내친김에 한 잔 더 마셨다.

"크아! 좋네." 또 한 잔을 들이켰다. 그리고 또. 그렇게 둘이서 보드카 한 통을 순식간에 비웠다. 몸이 따뜻해지면서 긴장감이 사그라들었다. 나른해진 몸으로 다시 카메라 앞에 섰다. 술기운 덕분인지 신기하게도 더 이상 카메라가 무섭지 않았다. 좀 전에 겁먹고 위축된 내가 아니었다. 음악이 흐르자 나는 자신 있게 카메라를 똑바로 노려봤다. 나의 도발적인 눈빛에 감독님이 놀라는 듯 보였다. 안무 끝에는 아이돌이라도 된 것처럼 카메라를 응시하며 몽환적인 표정을 지어 보이며 완벽한 마무리를 했다.

"아까보단 훨씬 자연스러워졌어요."

칭찬하는 장미 남편과 감독님의 표정이 묘하다. 왠지 웃음을 참고 있는 것처럼 보였다. 그러거나 말거나 나는 '스트릿우먼 파이터'에 나오는 댄서라도 된 기분이었다.

그렇게 촬영이 끝나고 며칠이 지났다. 장미가 영상 두 개를 보내왔다.

"언니, 마음 단단히 먹고 열어 봐요."

그런 말을 들으니 괜히 보기가 두려워졌다. 장미는 그날 촬영분 중 '가장 잘한 거'라는 말을 덧붙였다.

'도대체 영상이 뭐 어떻길래……'

나는 누가 볼 새라 혼자 몰래 영상을 열었다. 첫 번째는 짐벌로 촬영한 영상이었다. 어색하고 부끄러운 내 마음은 고스란히 표정과 춤으로 드러나 있었다. 보는 내내 화끈거리고 부끄러워 차마 끝까지 보지 못하고 끄고 말았다. 두 번째 파일은 메인 카메라로 찍은 영상이었다. '클로즈업'이 없고 거리가 있어서 그나마 볼만했으나 이것도 민망하긴 매한가지였다. 얼굴은 취기가 올라 발갛고 취한 몸은 중심을 잡지 못하고 턴할 때 비틀거리는 모습까지 고스란히 담겨 있었다.

이 영상은 지금까지 아무에게도 보여주지 않았다. 영상 촬영을 적극 도와주었던 홍시 선생님에게도 비밀이라며 보여주지 못했다. 장미 남편이 편집해 주겠다는 것도 만류했다. 편집해도 별 차이 없을 게 뻔했으니까. 나는 너무 큰 실망감에 오래도록 이 영상을 쳐다보지도 않았다.

최근에야 그때 영상을 다시 열어 볼 수 있었는데 예전보다 너그러운 마음으로 봐줄 만은 했다. 그땐 못하고 부족한 것만 보였지만 십 년, 이십 년 뒤에는 두고두고 보면서 '그때 나의 춤은 젊고 예뻤어'라고 추억할 수 있지 않을까. 보기 싫다고 지웠으면 어쩔 뻔했나! 남겨두길 정말 잘했다. (하지만 짐벌로 촬영한 영상은 끝끝내 지웠다. 세월이 흘러도 용납할 수 없는 게 있기는 하더라.)

첫 무대

영상 촬영한 지 한 달 지나고 예상치 않게 공연 무대에 서게 되었다. '안홍시 오리엔탈 댄스 아카데미'에서는 프로 공연단의 공연 이외에 회원들을 위한 발표회 성격으로 공연도 한다. 회원 발표회라고 하지만 정식으로 공연장에서 관객들을 초대해 펼치는 격식 있는 공연이다. 이번 공연에서 장미와 나는 출연진 모두 함께 추는 '피날레', 네 명이 추는 '메장세(Mejance)' 두 곡에 참가하게 되었다.

공연 연습은 수업 시간을 활용해 부담스럽지 않았고 연습 분위기는 회원들끼리 화기애애했다. 그런데도 나는 오래전에 프로 공연단에서 치열하게 연습했던 기억이 떠올라 공연이라면 괜히 두려운 마음이 들었다. 하얗게 태우며 연습했던 시간과 즐기기는커녕 부담스럽기만 했던 무대까지. 옛 기억이 떠올라 연습하는 내내 마음이 무거웠다. 일종에 '공연 트라우마'였다. 장미도 나와 같이 '과거의 기억'이 떠오른다고 토로했다. 우리는 네 명이 추는 '메장세'는 틀려서 눈에 띄지 않을 정도만 연습하고 '피날레'는 적당히 사람들에게 묻어가기로 했다. 연습하는 내내 우리의 마음에는 방어 심리로 가득했다.

공연 날이 되었다. 아침 일찍 메이크업숍에서 장미와 언니들을 만나 수다를 떨며 택시를 타고 공연장에 도착했다. 가는 내내 흥분해 떠드는 사람들 틈에서 나는 속으로 오늘 하루가 빨리 지나가기만을 바랐다. '적당히, 눈에 띄지 않게'를 중얼거리며. 공연장에 도착했을 때도 내 마음은 여전히 방어적이었고, 흥분에 들뜬 다른 출연자들 사이에서 나만 마지못해 있는 것 같아 이질적으로 느껴졌다.

리허설로 무대 위에 모였을 때였다. 홍시 선생님은 출연진 모두 함께 추는 '피날레' 곡의 자리를 배치했다.

"음… 장미 씨, 지영씨, 두 분은 무대 아래에 서세요."

장미와 나는 크게 당황했다. 무대 아래라면 관객들과 제일 가까운 자리였다. 가뜩이나 작은 공연장인데 관객들 코 앞에서 추다니. 밑천이 드러나기 딱 좋았다.

"큰일이다. 장미야, 나 안무도 다 못 외웠는데!"

"언니, 저도요. 분명히 헛갈릴 텐데 어떡하죠?"

그제야 우리는 부랴부랴 안무 연습을 시작했다. 학창 시절부터 벼락치기에 한번도 성공한 적 없던 내가 공연 시간에 임박해 하는 안무 연습이 제대로 될리가 없었다. '이럴 줄 알았으면 연습 좀 할걸.' 때늦은 후회는 소용없었다. 예정된 공연이 시작되고, 별 뾰족한 수가 없었던 나랑 장미는 거의 포기 상태가 되었다.

"아, 나도 모르겠다. 될 대로 되라지. 뭐."

그렇게 마음을 내려놓았을 때 공연 첫 무대가 시작됐다. 나의 '메장세'는 초반 순서였다. 차례가 되자 나는 불이 꺼진 무대 위로 올라갔다. 여느 때와 같이 무대에 서니 심장이 쿵쾅거리며 긴장으로 몸이 굳었다. (장미와 나는 차마 공연이라 비장의 무기인 술을 준비하지 못했다.)

'팍'

그날따라 얼굴로 바로 비추는 조명이 강하게 느껴졌

다. 눈이 너무 부셔서 뜨기 어려울 정도였다. 눈앞에는 조명의 밝고 하얀빛만 가득했다. '뵈는 것'이 없어서인지 오히려 긴장이 덜어지는 것 같았다. 관객들의 함성과 박수 소리가 작은 공연장을 가득 채웠다. 그 순간 묘한 기분에 휩싸였다. 이 모든 게 꿈결같이 느껴지면서 현실감각이 사라졌다. 갑자기 머릿속에 어린 시절 한 장면이 선명하게 떠올랐다. 나는 외가댁 마당에 홀로 서 있었다. 해가 질 무렵 붉은 노을빛으로 세상이 물들면 나는 마당으로 나가 시시각각 변하는 하늘을 구경하곤 했다. 뒷산에서 내려오는 바람에 나무들이 '솨~'소리를 낼 때면 어린 내 마음에는 무언가가 치밀어 올랐다. 세상이 너무 아름다워 행복한 감정이 치솟으면서도 짧게 불타 사라지는 노을이 아까워서 슬펐다. 찬란히 아름다워도 영원할 수 없다는 걸 어린 나는 느끼고 있었다. 그 마음을 담아 나는 춤을 췄다. '댕댕댕~' 동네 교회에서 울리는 종소리를 음악 삼아 내면에서부터 터져 나오는 대로 몸을 맡겼다. 바람 소리는 관객의 박수 소리가 되고 노을은 무대 조명이 되었다. 멋대로, 몸이 가는 대로 폴짝거리며 마음속 맺힌 감정을 춤으로 풀었다. 내가 한 마리 나비가 된 것 같았다. 펄펄 날아오르는 나비.

하필 지금 왜 그때 기억이 떠오르는 걸까? 내 안에 나비가 다시 날고 싶은 걸까? '메장세' 음악이 흐르자 다시 현실로 돌아왔다. 가장 행복했던 그 기억이 내 마음을 뜨겁게 달구었다. 행복한 기분이 샘솟았다. '쿵쿵' 심장이 뛰었다. 긴장과 두려움이 아니라 흥으로 심장이 춤을 췄다.

'나는 지금 미치도록 행복하고 즐겁다!'

발이 구름 위를 날 듯 가볍게 움직이고 몸은 날아오르듯 튀어 올랐다. 음악이 내 몸에 들어와 나를 움직이는 것만 같았다. 노을 진 하늘, 바람 소리와 교회 종소리가 내 마음속에서 다시 깨어났다. 내 안에 잠들어 있던 나비가 깨어나 힘차게 날아올랐다. 어린 시절 그때처럼.

어느새 우리 무대는 끝났고, 나는 어떻게 춤이 끝났는지 기억나지 않았다. 한바탕 좋은 꿈이라도 꾼 것 같았다. 나는 이 기분을 계속 간직하고 싶어서 말을 아끼며 남은 공연을 즐겼다. 어느덧 공연은 막바지가 되었고 '피날레' 곡 시간이 되었다. 나는 무대 아래에 서서 어깨를 쫙 펴고 고개를 들었다. 입가에는 자연스러운 미소가 피었다. 그동안 연습으로 만든 어색한 미소가 아닌 진짜 행복해서 피어난 미소다. 강한 조명으로 보이지 않던 관객들이 무대 아래에선 선명하게 눈에 들어왔다. 관객들과 눈이 마주치자 고마운 마음이 들었다. 이 자리에 와 준 것도 감사했고, 공연을 봐주는 것만 해도 감사했다. 음악이 시작되자 감사하는 마음을 담아 신명 나게 춤을 췄다. 우리를 보고 즐거워하는 관객들을 보니 더 신이 났다. 장미와 내가 서로 안무를 대놓고 '커닝'하는 통에 사람들이 웃긴 했지만.

마지막 곡이 끝나고 홍시 선생님은 한 사람씩 관객들에게 소개했고, 호명된 사람은 한 명씩 나가 인사를 했다.

"지영 회원님"

흥이 가시지 않는 나는 까치발로 '투 스텝'을 밟으며 가운데로 나가 흥에 겨워 어깨를 들썩거렸다. 화려하게 턴을 몇 바퀴 돌고 마무리 인사를 했다. 나의 튀는 인사에 관객들은 '와!' 탄성을 지르며 호응했다. 시작할 때는 분명 빨리 끝나기만을 고대했는데 끝나고 나니 언제 이렇게 시간이 흘렀는지 아쉬울 뿐이었다.

무대를 본 동료들은 평소와 다른 내 모습에 놀란 눈

치였다. 내게 흥이 넘친다는 둥 끼가 많다는 둥 무대 안 섰으면 어쩔 뻔했냐고 놀려댔다. 손사래 치며 아니라고 말해도 아무도 믿지 않았다. 하긴 '무대 공포증'치고는 너무 즐기긴 했으니까. 장미마저 내가 술 없이도 무대에서 놀 수 있다는 사실에 매우 놀랐다.

"언니, 생각보다 흥이 아주 많은 사람 같아요. 생각해 보니 평소 수업에서도 언니는 신나서 춤출 때가 자주 있어요."

"내가?"

"네. 생각보다 자주요."

같이 있던 홍시 선생님도 말했다.

"지영 회원님은 춤을 출 때 굉장히 행복해해요. 그럴 때마다 행복한 기운이 다른 사람에게도 전해지는 것 아세요?"

그 말을 들으니 잊었던 기억이 떠올랐다. 어린 시절 내 춤을 보며 즐거워하는 어른들을 보고 나도 행복했던 기억들. 그래서 나는 춤을 더 좋아하게 되었나 보다. 내 춤으로 다른 사람을 행복하게 만들어 주니까. 어린 나는 스스로 춤을 추기 위해 태어난 사람이라 진심으로 믿었다. 북아메리카 원주민들은 '나비'를 영혼의 상징이라 여겼다고 한다. 나도 흥에 겨워 춤을 출 때면 나비, 나의 영혼이 춤을 추는 것 같다. 춤으로 진정한 내 모습을 만나는 것은 정말 근사하다. 그럴 때마다 좋은 향기가 공간에 퍼지듯이 다른 사람들에게도 나의 '행복'을 퍼트릴 수 있다니 큰 위로가 되었다. 이제야 내 마음에 무언가가 '툭' 끊어지면서 나를 옭아매던 '무대 공포증', '공연 트라우마'는 떨어져 나갔다. 공연이 더 이상 아픔과 힘듦의 상징이 아니라 행복과 즐거움으로 바뀌는 순간이었다.

하지만 그 후로도 나는 무대에 서고 싶다는 열망이 생기지는 않았다. 여전히 사람들 앞에 서는 걸 즐기지 않는다. 아마 그날 공연이 신명 난 첫 무대이자 마지막 무대가 아니었을까. 오늘도 수업 시간이면 눈에 띄지 않는 구석에서 혼자 즐거워 웃는다. 조용히 흥에 겨워 신나서 춤을 춘다. 그저 행복의 향기가 다른 사람들의 마음에도 슬며시 물들기를 바랄 뿐이다. 향기는 어디에 있든지 멀리 퍼지니까.

춤추는 여자는 늙지 않는다

오래전 오리엔탈 댄스 자격증을 함께 딴 동기 중 제일 연장자는 '쭈리' 언니였다. 언니는 날 며느릿감으로 찜할 정도로 예뻐라 했지만 안타깝게도 자격증반 수업 이후 연락이 끊겼다. 그런데 얼마 전, 장미가 유튜브 링크를 보내왔다.

"언니, 이것 봐요. 쭈리 언니 아냐?"

장미가 보낸 링크를 열어 보니 지역 축제 무대에서 오리엔탈 댄스를 공연하는 영상이었다. 아무리 봐도 쭈리 언니였다. 강산이 바뀔 정도로 시간은 흘렀건만 그녀 특유의 몸짓과 뇌쇄적인 눈빛은 변하지 않아서 우린 단박에 쭈리 언닐 알아봤다.

"와! 쭈리 언니 여전하네!"

언니는 육십 대 후반이지만 탄력 있는 몸매에 춤 실력은 전혀 녹슬지 않았다. 오히려 더 잘 추는 것 같았다. 내 기억에 쭈리 언니는 정말 열심히 살았다. 당시에 가게를 하면서 틈틈이 마라톤을 뛰었고 강사 자격증반 수업도 빠지지 않았다. 그뿐인가. 연습은 얼마나 열심히 했는지 한 번 배운 건 다음 시간까지 꼭 완성해 왔다. 그때는 몰랐다. 언니 나이에 그게 얼마나 힘들었을지. (지금은 언니를 너무 이해한다.) 나는 쭈리 언니 영상을 돌려 보며 반성했다. 그동안 나이 먹어서 그런 거라며 스스로 한계를 얼마나 많이 지었는지. 조금만 어려운 동작이 나와도 '나이 먹어서 되겠나?', '이 나이에 굳이 저렇게 어려운 거 할 필요 있나?'라며 대충 넘기곤 했었다. 언니의 춤을 보면서 마음속 열정이 다시 차오르는 것이 느껴졌다.

'나이가 핑계가 될 수 없구나!'

현대무용을 배우면서도 내 나이 절반밖에 안 되는 친구들 틈에서 '에구에구~' 앓는 소리를 내고, 무릎 아프다고 어려운 동작은 빼고 할 때 '이젠 나도 춤출 나이가 아니지'라며 괜히 서러워지곤 했었는데 쭈리 언니의 영

262

상이 내게 말하는 듯했다.

"야! 해. 그냥 해. 할 수 없을 때까지 해."

그래, 움직이지 못할 때까지 해보자. 할 수 있는 만큼
하자. 한계는 스스로 정하지 말자.
춤추는 여자는 늙지 않으니까.

내 삶에서 제일 젊은 날

젊었을 때 안무 순서 외우기가 정말 쉬웠다. 그 자리에서 바로 외워서 안무와 동작도 바로 따라 할 수 있었다. 그때 함께 배웠던 중년 언니들은 금방 따라 하는 나를 보며 부러워했다.

"야~ 젊으니까 좋다. 금방 따라 하고."

당시엔 이런 칭찬을 들어도 마음엔 와닿지 않았다. 안무 순서 외워서 따라하는 게 춤 실력도 아닌데 뭐 그리 대수일까. 나는 언니들이 부러워하는 걸 전혀 공감할 수 없었다.

그런데 얼마 전, 현대무용 수업 시간에서 '구르기'라는 동작을 배웠다. '구르기'는 점프하고 바닥에 떨어질 때 자연스럽게 굴렸다가 다시 용수철 튕기듯 일어나야 했다. 날렵하고 자연스럽게 굴렀다 일어나는 젊은 친구들 사이에서 유독 나 혼자 '에고', '끙' 소리를 내며 느릿느릿 일어나 박자를 맞추지 못했다. 발딱 일어나는 친구들을 보며 나도 모르게 푸념이 나왔다.

"아이고, 젊으니까 좋네."

이런 내 마음도 모르고 우리 완벽주의자 와와 선생님은 호랑이같이 내게 호통쳤다.

"왜! 왜 지영님만 박자가 늦는 거죠? 지영님! 다시 해 봐요!"

사람들의 시선을 느끼며 몇 번의 구르기를 반복하는데 문득 서러워졌다.

'몸이 맘대로 안 된다고요!'라고 소리치고 싶었으나 꾹 삼키다 나도 모르게 울컥해 눈물이 날뻔했다.

'아, 나도 예전 같지 않구나.'

그제야 예전에 언니들이 날 부러워했던 마음을 이해할 수 있었다. 언니들도 나처럼 몸이 예전 같지 않다는 걸 느꼈으리라. 나도 현대무용을 하면서 예전만큼 안무를 기억하지도 못하고 반응도 느려진 걸 실감하고 있었다. 그럴 때면 시무룩한 마음에 기분도 가라앉았다. 현대무용에서 받은 상처를 안고 한동안 쉬었던 오리엔탈 댄스 수업에 참석했다. 내가 빠진 사이 수업 진도가 어느 정도 나간 터라 배우지 않은 부분을 따라가느라 바빴다. 젊었을 땐 눈으로만 봐도 쉽게 익혔었는데 역시 이제는 예전 같지 않다. 속으로 속상해하고 있는데 딸기 언니가 다가와서 말했다.

"넌 젊으니까 좋겠다. 금방 따라 하고."

"제가요? 저 따라가기 버거운걸요. 여러 번 해야 외우잖아요."

내 말에 언니는 웃으며 말했다.

"무슨 소리야. 내 나이 되면 며칠을 배워야 해."

나는 그제야 또 욕심을 부렸다는 걸 깨달았다.

'그래, 내가 아직도 현재 내 모습을 있는 그대로 받아들이지 못하고 있구나.'

팔팔했던 과거만 생각하고 지금을 한탄하고 있으니 참으로 어리석은 일이었다. 과거와 비교하면 한숨뿐이지만 미래와 비교하면 감사가 절로 나올 텐데.

오늘도 나는 내가 자랑스럽고 고맙다. 움직여 주니 고맙고, 뛰어 주니 고맙다. 아니, 춤을 추는 것만 해도 고맙다. 이제 더 이상 잘 추고 멋진 기술을 선보이는 건 그리 중요하지 않다. 그저 춤을 출 수만 있으면 그걸로 만족한다. 나는 그까짓 '나이' 때문에 춤을 멈추지 않기로 결심했다. 예전보다 못하면 어떠하랴. 지금 할 수 있는 만큼 신나게 즐기면 된다. 오늘이 내 삶에서 제일 젊은 날이 아니겠는가.

춤은 계속된다.

"춤을 10년 정도 추신 거죠? 그 정도면 오래 하신 거죠."

출판사 대표가 말했다. 나는 대답을 머뭇거렸다. 사실 10년이라고 할 수 있을지, 연차를 어떤 식으로 헤아리면 될지 순간 머릿속이 복잡해졌다. 여러 춤을 한 번에 배우기도 하고 어쩔 땐 쉬기도 했으니까 정확히 몇 년을 배웠다고 말해야 할지 모르겠다. 게다가 내 주변엔 10년이면 명함도 못 내밀 정도로 오랫동안 춤을 추고 있는 회원들이 많다. 이런 내가 춤을 춘 이야기를 쓸 수 있을까. 내심 고민도 되었다.

얼마 전에는 장미가 출산했다. 임신 기간에도 장미는 춤을 추고 싶어 안달을 냈고, 아기를 낳고 회복하면 다시 춤을 추겠다고 단단히 벼르고 있다. 운동 싫어하는 망고 언니는 70대까지 춤을 추려면 근육이 있어야 한다며 필라테스를 시작했다. 딸기 언니도 감귤 선생님도 지금까지 꾸준히 무대에 서고 대회도 참가한다.

이렇게 춤에 진심인 춤 동반자들은 "지영아, 너는 진짜 춤에 진심이구나"라고 말하며 나의 열정을 인정해 준다. 그래, 맞다. 나 역시도 춤에 진심이 아닌 적 없었다. 그렇다면 분명 춤에 대해 나눌만한 이야기가 있지 않을까.

이 글을 쓰면서 언제까지 춤을 출 수 있을까 진지하게 고민해 봤다. 오래전에 '무용동작치료'수업에서 아주 작고 사소한 동작도 음악에 맞춰 움직이면 리듬이 생기고 그러면 그것이 바로 춤이 된다는 것을 배웠던 기억이 난다. 그런 의미에서 호흡도 춤이 될 수 있다. '나는 호흡을 할 수 있을 때까지' '작은 움직임이라도 할 수 있을 때까지' 춤을 추겠다고 한다면 과한 걸까? 아마 춤에 진심인 사람들은 내 말이 '전혀 과하지 않아'라고 응원해 줄 거라고 믿는다.

나는 운이 좋게도 삶의 열정을 돋아주는 춤을 만났고 춤으로 어려운 순간마다 잘 지나올 수 있었다. 그 길에서 좋은 벗과 스승을 만나서 참 좋았다. 이 글을 읽는 여러분도 삶의 오아시스 같은 무언가를 꼭 만났으면 좋겠다. 이왕이면 춤이면 더 좋고.

"Shall we dance?"

나의 춤바람 연대기

초판 1쇄 발행 2024년 6월 22일

지은이 박지영
펴낸이 박경애
편집 박경애, 정천용
표지 디자인 정은경
표지 내지 삽화 소소유

펴낸곳 자상한시간
출판등록 2017년 8월 8일 제 320-2017-000047호
주소 서울시 관악구 관천로 20길 27, 201호
이메일 vodvod279@naver.com

ISBN 979-11-982403-7-8 03810